Jノベルライト文庫

元悪役令嬢は二度目の人生を慎ましく生きたい!

実業之日本社

元悪役令嬢は
二度目の人生を
慎ましく
生きたい
アルト
画 KU

アリア
魔法師タイプ。
王立魔法学院３年生。
マルス
近接の戦士タイプ。
王立魔法学院３年生。
シルフィー
前生の悪役令嬢の記憶を持ちつつ転生。今生も貴族令嬢だが、地味に慎ましく治癒師をめざす。
王立魔法学院１年生。
ベル
王子であり、天才レベルの魔法師。
王立魔法学院１年生。

ハカゼ
王国の魔法師長。ベルのよき理解者。
エスト
王立魔法学院の教員。魔法の能力も高い。
ラーク
学院一の天才。魔法の腕は魔法師長も認める。王立魔法学院3年生。
Character

Contents

元悪役令嬢は二度目の人生を慎ましく生きたい！

アルト

Jノベルライト文庫

〔イラスト〕KU

第一章　幼馴染との出会いと、再会と。

やりたい放題をしていた私の末路は、それはそれは悲惨なものだった。

同情の余地があるとすれば、それはきっと咎《とが》める者が誰一人としていなかったことくらいか。

それを除けば、誰もが口を揃《そろ》えるであろうほどに全てにおいて恵まれていた。

まず容姿。

黄金財宝を編んだような繊細な金糸の如き長髪は、硝子《がらす》細工の髪留めによって纏《まと》められ、甘く繊細な面立《おもだ》ちと相まって正しく人形のようであった。

長い睫毛《まつげ》に縁取られた碧《あお》色の瞳は茫洋《ぼうよう》たる海を想起させ、身に纏ったドレスから覗《のぞ》く肌は雪のように白い。

深窓の令嬢らしい華奢《きゃしゃ》でどこか儚《はかな》げな雰囲気が、蠱惑《こわく》めいたものを否応なしに感じさせた。

まあ要するに、とにかく、可愛かった。

理想的なまでに整った完全無欠の美少女。

男受けするどころか、何もせずとも男が大勢寄ってくるレベルの容姿であった。

だからだろう。

私は何もかもが手に入ると調子に乗ってしまった。

でも、それが仕方ない部分もある。

男は選り取り見取り。

花咲いたような笑みを浮かべて、ちょっとお願いをすれば大抵の男はその要求を快諾《かいだく》してくれる。そんな環境だったのだから。

そして家柄。

私の生家は公爵位を賜《たまわ》った御家であり、王国からの信頼も厚く、恵まれた容姿に家柄も良し。と、欠点らしい欠点はどこにも見当たらない完璧具合であった。

多少のおいたをしても、揉《も》み消すことなどおちゃのこさいさい。

「天は二物を与えず」などとはいうが、私の前においてそれは寝言も同然だった。

ただそのせいで、私は物事の良し悪しを正しく認識することが出来ていなかった。

何が悪くて、何が良くて。

その判断の基準が、お世辞にも正常とはいえなかった。

そしてその結果、散々に好き放題をし、国を掻《か》き回すこととなる。

「欲しい」といえば何もかも手に入っていた私は、既《すで》に婚約者がいた王太子様の婚約者としての地位を欲してしまった。

でも、当たり前だが王太子様からは婚約者が既にいるからと、その申し出を拒絶されてしまう。

しかし、生まれて初めて手に入らなかったものに私はひどく執着をした。

どうすればその地位が手に入るのか。

それを考えに考えて。

そして、最悪の選択をした。

なんであろうと望めば手に入る。

なのに、私が手に入れられないのはおかしい。婚約者がいるから。それがなんだ。

だったら、奪ってしまえばいい。

そんな考えに至った私は、どうにかして婚約者としての地位を奪おうと画策した。

それこそ、色々とやった。

元々の婚約者であった者への何気ない嫌がらせから始まり、王太子様から引き離そうと悪評をそれとなく流したり。

彼女の生家に少し嫌がらせをして、彼女と一緒にいると不幸に見舞われるだなんだかんだと理由をつけて引き剝《は》がそうとすらした。

周囲の人間も、王太子様の婚約者には私が相応《ふさわ》しいといつだって肯定的な意見を言ってくれていた。

だから、私は何一つとして間違ったことはしていない。そう、思っていたし、彼の隣は私が誰よりも相応しいのだと信じて疑っていなかった。

そんなある日、私が行ったその全てが露見し、王太子様や陛下が大激怒。

結果、元凶である私は流刑に処されることとなった。そして辺鄙《へんぴ》の地にて、バチが当たったのか。運悪く流行病《はやりやまい》に罹《かか》り、あっという間に寝込んで、命を落としてしまった。


それが、私の前世。

悪女と呼ばれていた私のかつての人生全てであった。

――いやいや、アホ過ぎるでしょう。

「……我ながら、馬鹿過ぎる」

久しぶりに目にした過去の自分自身の姿。

それを夢でたっぷりと追憶《ついおく》させられ、最悪といっていい目覚めだった私は、右の手で顔を覆いながら過去の自分に向かって悪態をついた。

もうかれこれ、二十回は見たであろう己の黒歴史。しかし、どれだけ反省をしようとこうして夢となって私の意思とは関係なしに思い起こされる。

これ以上なく恵まれた環境にあった。

普通に幸せを望んでいたならば、誰もが羨《うらや》む人生を送れていたことだろう。

でも、前世の私はそれを自分の意思で木《こ》っ端微塵《ぱみじん》に砕いていた。いや、もうアホかと。

割り切るしかないと分かってるけれど、あまりの馬鹿さ具合に未《いま》だ割り切れずにいた。

シルフィー・リーレッド。

それが今生の私の名前であり、リーレッド侯爵家の令嬢という立場にあった。

なんの神の悪戯《いたずら》か。

前世で悪女といわれ、馬鹿な人生を送ってしまった私はその記憶を持ったまま、己が死んだ百年先の未来で二度目の生を受けることとなった。

「でも、だからこそ今生は慎《つつ》ましく生きなきゃ」

あんな馬鹿過ぎる人生を二回も送ってたまるか。そう思っていた私は、慎ましく生きて幸せな人生を送ってやるのだと決めていた。

そして、万が一の間違いもないように、貴族とは無縁の人生を送るのだと。

「目指すは、治癒師《ちゆし》。前世は誰かに迷惑を掛けまくっちゃったし、今生は誰かを助けられるような、そんな人間を目指そう。うん」

いくら前世での所業《しょぎょう》とはいえ、私がやったことに変わりはない。

だから、重ねに重なった慚愧《ざんき》の念ってやつを、自分のこれからの行為で贖《あがな》っていこう。

その考えもあって、私は治癒師を目指すと決めていた。

——ただ。

「……とは言っても、流石《さすが》は侯爵家。貴族との縁を根っこからぶった斬るとか、今の私じゃ土台無理な話なんだよね」

前世と家格が異なってるとはいえ、侯爵家。

そして、私はその長女。

城勤めの父に連れられ、現在、限定的に王城で生活する私が貴族とは無縁の人生を——などと言おうものならば、酔っ払いの戯言《ざれごと》と一蹴《いっしゅう》されることだろう。

だから、出来る限り当たり障《さわ》りのない理由を口にして貴族との縁を作らないこと。

それが現状の私に出来る最善。

故《ゆえ》に、本来であれば父の仕事を見るために王城に連れられていたはずの私は、王城にある蔵書を読み漁りたいなどと言って図書館らしき場所にひたすら引き篭《こも》る生活を送っていた。

治癒師としての知識も得られ、必要以上の貴族との縁も作らない。

どこからどう見ても完璧過ぎる。

我ながら惚《ほ》れ惚《ぼ》れする行動であった。

「って、今はそんなこと考えても仕方ないか。せっかくのこの機会、治癒師になるための知識を叩き込んどかなきゃ」

上体を起こし、立ち上がる。

私を城に連れて来た父は、自分の仕事ぶりや、嫡女《ちゃくじょ》である私に色々と後ろ姿を見て学んで欲しいらしいけど、私の目標は父の仕事とは無関係の治癒師。

だから、父のその期待には応えられない。

ごめんなさい。と心の中で謝りながら、私はさっさと着替えを終えて図書館へと今日も今日とて向かうことにした。

†

「今日もいるんだ」

城で過ごすようになって、早一ヵ月。

父曰く、私は季節の変わり目まで城で生活をするらしいんだけれど、図書館に足《あし》繁《しげ》く通うようになってから毎日顔を合わせる人がいた。

それが、今しがた私が呟《つぶや》くような声音で声を掛けた銀色の髪を持った少年。

城にいるということは関係者なのだろうけど、不思議なことに、彼が誰かと会話をしている場面には未だ一度として遭遇したことはなかった。

「またお前か」

そっけない返事。

でも、一ヵ月近くこんなやり取りをしていたので特別思うことなんて何もない。

名前もお互いに知らないただ、出会ったら挨拶をする程度の関係だったから。

図書館には基本的に、私か彼しかいない。

その理由なんてちっとも分からないけど、黙々と治癒師の勉強を出来るに越したことはないのであまり気に留めていなかった。

何より、貴族とはあまり関わり合いになりたくない。

むしろ、この状況は望むところだった。

「変わった奴だな。来る日も来る日も、図書館に篭《こも》って本を読み漁るなんて」

いつもだったら会釈一つ。

言葉一つで終わる邂逅《かいこう》。

でも丁度、図書館に篭るようになって一ヵ月を迎えたその日、初めて銀髪の彼から会話らしい言葉を向けられた。

ただ、その内容にムッ、としてしまう。

「……貴方《あなた》も同じようなものだと思うんだけど」

一ヵ月、足繁く通う私が「変わっている」なら、私より前から図書館に篭ってる貴方はいったいなんなのか。

「おれはいいんだよ。おれは、ここにいた方が色々と都合がいいんだ」

言っている言葉の意味が分からなかった。

でも、それを口にする彼の表情に散りばめられた寂寥《せきりょう》の色に私は気付いてしまう。

きっと、私には分からないけどその表情を浮かべるだけの理由があるのだろう。

ただ、私には関係のない話。

だから——と、理由をつけてその場を離れ、普段通り治癒師になるための勉強をしようと思ったのだけれど。

少しだけ、彼のことが気になってしまう。

いつもとは異なって、私も彼に対して必要以上に声を掛けた理由は、きっとそんなもの。

「……魔法に、興味があるの？」

彼が丁度読んでいた本——魔法に関するソレを指摘することで、私は話題を振っていた。

「ただの暇潰《ひまつぶ》しだ。適当に取った本がこれだった。だから、読んでる。そういうお前は、いつも治癒の本を読み漁ってるな」

なんでそれを知ってるんだ。

一瞬そう思ったけど、普段から「治癒」「治癒」「治癒」と独り言を洩《も》らしてる上、

治癒の魔法の本をひたすら読み漁ってるからそりゃ分かるか。

と、一人納得する。

「だって、私は治癒師になりたいもん」

「貴族なのにか」

「うぐっ」

痛いところを指摘される。

言い方は悪いが、貴族令嬢が辿《たど》る道の大概はどこかの御家に嫁ぐこと。

要するに、御家同士の関係を深めるための政略結婚が大半だ。

そうじゃないとしても、貴族として統治に関する内政なり、外政なりを務めるくらいか。

貴族子弟の三男四男が治癒師なり、なんらかの職業を目指す話は耳にすることもあるが、貴族令嬢が治癒師を目指すなど、私を除いて確かに聞いたこともなかった。

「……確かに不似合いだけど、貴族とか、貴族じゃないとか。そんなことは関係なしに、私は誰かを助ける立場にありたいんだよ」

……前世で色々とやらかしてしまったから、その贖罪《しょくざい》も兼ねて。

そして、今生では出来る限り貴族とは無縁の生を送ると決めていた。

だから、誰が反対しようとこの道を曲げるつもりはなかった。

「そういう貴方は、何か夢とかないの？」

「ないな。ないというより、夢を持てるような立場じゃない。家族もおれの扱いには困ってるだろうしな」

そう口にする彼の様子は、やっぱりどことなく寂しそうだった。

「……困ってる？」

「図書館には基本的におれ以外誰もいないだろう？　お前のような変わり者が最近、彷徨《うろつ》くようにはなったが」

――要するに、腫れ物なんだよおれは。

諦念《ていねん》の色があった。

悲しいだとか、寂しいだとか、そんな感情よりも諦《あきら》めの色が特に色濃く言葉に滲《にじ》んでいた。

なるほど。

銀髪の彼は、なんらかの事情で今はあまり良い立場にないらしい。

詳細に話さないということはきっと、それ以上は聞かれたくないのだろう。

ただ。

「そんなものは、関係ないと思うけどな」

「……関係ない？」

無責任な言葉だと思う。

彼の事情なんてこれっぽっちも知らない。

彼に対して何か出来ることは今はないし、彼の辛さを分かりあうことも出来ない。

口下手な私は、彼を慰める言葉をうまく掛けることだって出来やしない。

でも、それでも一度、盛大に人生を失敗した人間として言えることは一つある。

「だってそうでしょ？　腫れ物だから夢を持っちゃいけないなんて、誰も決めてないのに。確かに、いい顔をしない人はいるかもしれないけど、そんなことを気にしてたら何も出来ないよ。貴方の考えでいくと、私が治癒師を目指すことだって出来なくなっちゃうし」

父親に対して馬鹿正直に、将来は治癒師になりたいです！

と言って三日三晩、言い合いになった私が目の前にいるのだ。

その丸く大きな瞳で刮目《かつもく》したまえ。

そう言うように、私は自然に浮かんだ笑みを隠すことなく胸を張ってドヤ顔を向ける。

すると、肩がぴきっ、と悲鳴を上げて腕を抱える羽目になり笑われた。くそう。

「だから魔法に興味があるのなら、魔法師を目指すとかしてもいいと思うけどな。私は齧《かじ》った程度だけど、魔法は奥が深いし、凄《すご》く楽しいよ、うん」

まぁ、それも前世の話なんですけども。

我儘《わがまま》放題だった過去の黒歴史を思い返しながら、あの頃に学んでいた魔法のことを懐かしむ。

「……だから、適当に取った本が偶々《たまたま》これだったってだけで」

「この一ヵ月、魔法の本ばっかり読んでたことは知ってるよ。私も貴方と同じであいつ何やってるんだろって興味あったから」

「…………」

彼が私が治癒師の勉強をしていたことを知っているように、私もまた、彼が魔法についての本を読み漁っていたことを知っている。

でもこれはお互い様。

文句なんて一言も言わせない。

「……分かった上であえて聞くなんて、お前性格悪いな」

「聞き慣れ過ぎてなんとも思わないなあ」

悪女だなんだかんだと罵詈雑言《ばりぞうごん》の嵐だった前世のお陰で、随分《ずいぶん》と図太くなってしまった。

多少の悪口程度なら笑って返せる自信しかない。だから、その程度の言葉はさほどの痛痒《つうよう》にすらならない。

「……不思議だ」

「何が？」

「お前の言葉や、お前の態度が、だ」

私は不思議ちゃんであるらしい。

理由はよく分からないけど、全否定を食らった。

「おれと年齢はさほど変わらないだろうに、不思議とそこには説得力がある。おれをちっとも気味悪がらないし、本気で魔法師になってみればと言ってる。酔狂でもなんでもなく、本気で」

なりたいものがあるなら目指せばいいと思う。

そう考えるのはおかしなことじゃないだろうに。

特に、今度こそ後悔はしたくない。

幸せに生きたいと切に願っている私の場合は特に強くそう思う。

たぶん、その熱量は言葉に色濃く滲んでいたのだろう。言葉にされたようにバレバレだった。

「……気味悪がらない？　逆に、なんで私がそう思わなくちゃいけないの？」

確かに、銀糸のようなその銀髪はあまり見ない髪ではある。

透き通った海のようなアイスブルーの瞳は宝石のようだし、相貌《そうぼう》も端正な顔立ちだ。

気味悪がる理由を逆に教えて貰いたい。

「……やっぱり変わってるよ、お前」

不思議であると、言葉がまた一度繰り返される。なんでと口にした私の言葉に対する回答は残念ながら貰えなかった。

ただ、彼がどこか嬉しそうに笑むものだからまぁいっかと思えてしまった。

「でも、そんなお前にになら言ってもいいか」

図書館にずっと篭りきりだった少年は、天井を仰ぎながら観念するように告げる。

「おれは、空を飛んでみたいんだ」

空を切る鳥のように。

羽根を広げる蝶のように。

自由気ままに生きてみたいのだと告げられる。

「こりゃまた壮大な夢だ」

治癒師になる。

なんて口にしている私の比じゃないほど、壮大な夢。

「笑わないいんだな」

「笑うもんか。むしろ、心底尊敬した。心底凄《すご》いって思った。そして、ちょっとだけ張り合いたくなった。よし。私の夢変更！　治癒師になるのは変わらないけど、不治の病を治せるようなすっごい治癒師になろう。うん、今からはこの夢でいく！」

一瞬で夢を変更してしまった私の言動に、口角をゆるく吊り上げる彼であったけど、なぜかその表情は少しだけ申し訳なさそうなものに思えた。

「とはいっても、おれの場合比喩のようなものだけどな」

「比喩？」

「ああ。おれにとって自由気ままに生きている存在が空を飛ぶ鳥や、蝶のような存在だったんだ。だから、空を飛んでみたいと思った。空を飛べるようになれば、おれも鳥や蝶のようになれると思ったから」

空を飛ぶ。

という事柄に固執しているのではなく、自由に生きてみたい。という意思が根底に据えられているのだろう。それ故の、願望だと言う。

いいじゃないか。

いい夢だと心の底から思った。

きっと彼は、城の中に位置する図書館によくいることから貴族と無縁の立場ではないのだろう。

だから本来の私の考えに基づくならば、これ以上踏み込むことは憚《はばか》られたけど、どうせ私は季節の変わり目にはこの城を後にする。

だったら、ちょっとしたお節介を焼いても問題はないだろう。そう、考えて。

「なら、私にもその夢手伝わせてよ。旅は道連れ世は情け。一人だと難しいかもしれないけど、二人だったらなんとかなるかもしれない」

私がそう口にすると、果てしなく広がる海を想起させるアイスブルーの瞳が大きく見開かれた。

「大丈夫。これでも、魔法にはそれなりに自信があるんだ」

前世の頃の知識や感覚だから少しだけ時代遅れかもしれないけど、それでも力になることくらいは出来るだろう。たぶん。

前世で多くの人に迷惑をかけちゃった分、出来る限り誰かの力になりたい。

私はそう考えていた。

だからこれは、その第一歩だ。

「だから、ね？」

――その夢、私にも手伝わせてよ。


それが、私達の出会いだった。

王家の血筋ながら唯一、銀色の髪を持って生まれたことで疎《うと》まれていた王子様と、私の出会い。

予《あらかじ》め、ある程度の期限が決められた気まぐれ。

それ故に手を差し伸べた私は、貴族との縁を作ることに一切興味がなかったがためにその時は何も知らなかった。

この行為こそが、慎ましく生きてやる。

という考えを根本からぶち壊す第一歩であったことを――。

†

——一言で言い表すならば、そいつは変な奴だった。

王家で唯一、銀色の髪を持って生まれてしまったことで、疎まれて育ったおれは殻《から》に閉じこもるように図書館に向かうようになった。

不吉だなんだかんだと理由をつけて、おれを遠ざけるようになり、扱いに困っていた者が多かったこともあり、気付けば図書館が私室のようなことになってしまっていた。

常識ある人間は、基本的に誰一人として図書館には近寄りはしない。

しない、はずだったのだ。

変な奴こと——シルフィー・リーレッドがやって来るまでは。

「なんでお前は治癒師になろうと思ったんだ」

手を差し伸ばされたあの日以降。

おれは彼女と一緒になって魔法を学ぶことになった。初めこそ、治癒師になるのだと意気込んでいる奴よりもおれの方がずっと魔法の扱いには長けている。

そう思っていたが、その考えは一番最初に木《こ》っ端微塵《ぱみじん》に砕かれた。

何故《なぜ》治癒師ではなく魔法師を志さなかったのだと叫ばずにはいられないほど、魔法が堪能であった。それこそ、おれとは比較することすら烏滸《おこ》がましいほどに。

「誰かのためになることがしたかったんだ」

だから、問うた。

大成を望むならば、彼女は間違いなく魔法師を志すべきだ。王城には、栄えある王家直属の魔法師部隊が存在している。

貴族である彼女の場合、家のことを考えれば普通、そこを目指すべきと考えるだろう。

なのに、彼女は微塵の躊躇《ためら》いも惜しみもなく治癒師になると言って聞かなかった。

「誰かのため？」

「そう、誰かのため。これでもさ、私、色々やらかした過去があってさ。だから、迷惑をかけちゃった分、誰かを助けることでどうにか帳尻を合わせたくて。あ、あと、平穏に慎ましく、静かに暮らしたかったってのもあるかな。魔法師だとほら、色々と厄介ごとに巻き込まれそうじゃん」

そしておれと同様に、あまり自分のことを語りたがらない人間だった。

ひけらかして然《しか》るべき魔法の才がある。

容姿だってかなり整っている。

衣服など、色々ときちんとすれば縁談といったその手の話が寄せられることは間違いないだろう。

『……あ。その話はなし。やめて。悪夢が蘇《よみがえ》る』

もう少し身嗜《みだしな》みに気を遣ったらどうだ。

何気なくそう口にしたことが一度あったのだが、シルフィーは意味の分からない言葉を並べ立てて断固拒否の構えを取っていた。

本当に意味が分からない。

「だから治癒師なの。私にとって色々と都合が良かったから。……でも」

「でも？」

「治癒師になれるとしても、当分先かなあ。ほら、貴族には王立魔法学院に通う義務があるでしょ？　だから、たぶん少なくともそこを卒業してから、になるのかな」

――そしてそこが私の分水嶺《ぶんすいれい》。

頑張らなくちゃいけない……!!

そう言って彼女は一人、闘志を燃やす。

「お前なら問題なく卒業出来るだろうに」

おれがそう言うと、彼女にとっての懸念は卒業に関するものではなかったのか。

複雑そうな表情を浮かべる。

けれどその後、取り繕《つくろ》うように「そ、そうかなあ?」などとワザとらしい返事がやってきた。

どうやら、彼女は卒業ではない何かに対して懸念を覚えているらしい。

とすると、それはいったいなんなのだろうか。

素朴な疑問を覚えると同時、あまり詮索をされたくないことであったのか。

露骨にシルフィーは、「さ、さぁて、魔法の続きしよっか!」と、話題を逸《そ》らしにかかる。

ここ数日で分かったことだが、彼女はどうも隠しごとが苦手な人間らしい。

何か隠しごとをしてる時はあからさまに狼狽《ろうばい》し始めるか、声が裏返る。

視線を逸らしたり、露骨に話題を変えようとしたりもする。

ただそれは、あからさまに腹に一物ありながらおべっかを使ってくる連中と比べれば可愛いものだった。

「……本当に、不思議な奴だ」

「失礼な。私は私のやりたいようにやってるだけなのに」

おれの呟きを耳聡《みみざと》く聞き取った彼女から、人を得体の知れないもの扱いするなと咎《とが》められる。

「少なくともおれは、おれにこうして世話を焼こうとする物好きをお前しか知らない」

ただの気まぐれ。

憐《あわ》れみ。同情。自己顕示欲。

彼女がおれに構《かま》う理由なんてそんなものだと思っていた。

それしか、あり得ないと思っていた。

でも、それは違った。

その不思議な奴は、本心からおれの力になりたいと願っている。望んでいる。

愚昧《ぐまい》な想像を浮かべていたおれが、馬鹿と思えるほどに裏表のない馬鹿《不思議》な奴だった。

すぐに終わると信じて疑っていなかった関係も随分と長く続き、気付けばこれがおれの当たり前の日常と化していた。

「でも……そのお陰でおれは救われた。お前を見ていると、俯《うつむ》いているだけだったおれの行動は確かにもったいなく思えるし、いつか後悔するものだと思った。だから、」

――ありがとう。

「え？　あ、ああ。うん。どう、いたしまして？」

おれは、そう言葉を締めくくった。


おれ、ベルシュ・アルザークは、唯一銀の髪を持って生まれたことから家族や周囲の人間との間に大きな隔たりがあった。

言い方を変えると、おれという存在の扱いに誰もが困っていた。

子供に罪はない。

けれど、やはりその奇妙な事実故《ゆえ》に距離の取り方が分からず、そして当の本人であるおれも周囲からのよそよそしい態度や、陰口を叩く一部の貴族の声を聞いて距離を取った。

そして、図書館に引き篭もるようになった。

それが、誰にとっても害のない行動だと思ったから。

思って、いたのだ。

「父上」

少なくとも、シルフィー・リーレッドがやって来るまでは。

数年ぶりに父の下を訪れた理由は、単純明快で、彼女の言葉が強く関係していた。

「おれ、魔法を覚えたんです」

扱いに困られてるおれは、家を出て行くべきだと思っていた。自由になるために。

そのために、空を飛びたいとも、あいつの前で口にした。

でも気付けばその想いは、別のもので上塗りされてしまっていた。

「本当は、家を出て行くために学んでたんです。きっと、おれはここにいない方がいいだろうから」

「……っ」

「でもいつの間にか、おれの中で魔法を学ぶ理由が別のものに置き換わっていたんです」

それがいつだったのか。

そんなことは分からない。

分からないけど、自由になるため。空を飛ぶためにに学んでいたはずが、魔法を学ぶ理由はシルフィー・リーレッドと過ごすのが楽しいから。

そんな理由に、置き換わっていた。

「父上。どうか、おれの我儘《わがまま》を聞いてはいただけませんか」

疎《うと》まれているという自覚があってなお、父に頼み込むという選択を掴み取った理由は、シルフィー風にいえば「後悔をしたくはなかったから」。

「形はなんでもいいんです。ただおれは、あいつと一緒にいたい。教えてくれませんか。おれはどうすれば、あいつと一緒にいられるのか」

遠くない未来。

彼女は城からいなくなる。

隠しごとが苦手なシルフィーの態度から、おれはそれを薄々感じ取っていた。

だから、こうして父を頼ることにした。

そして何故《なぜ》か、色々と覚悟を決め勇気を振り絞って口にしたその言葉を耳にした父は、険しい顔を綻《ほころ》ばせた。

まるで、微笑ましいものでも見るように。

「……私は何を気負っていたのだろうな。髪の色が違う。たったそれだけの事実一つで、必要以上に距離を取ってしまうなど」

大人しく、歳の割に聡明。

そして、髪の色が違う。

けれど、中身は他の子供となんら変わらない。

普通の子供であったというのに。

申し訳なさそうに、父はそう言う。

「話は、分かった。そういうことなら、私に任せろ。その願い、私が叶えてやる」

シルフィー・リーレッドのガバガバ治癒師計画は、早くも頓挫《とんざ》の危機にあった。

†

それから、五年の年月が経過し、頭痛のタネであった王立魔法学院への入学の日。

「憂鬱《ゆううつ》だ」

貴族子弟の義務でもある王立魔法学院への入学。貴族たるもの、最低限の教養を身につけるべし。

先人が生み出したその言葉の犠牲者たる私は、入学初日。

教室の角の席を確保して、窓越しの景色を見つめながら小さく呟いた。

「目立たないように過ごすつもりではいるけどさ。いくらなんでも三年は長過ぎだって……」

出来る限り、他の貴族と関わり合いにならないことは当然として。

地味に過ごして、卒業まで漕ぎ着けて、あとは慎ましく治癒師ライフ。

これで完璧だ。

そんなことを思いながら、入学試験の成績を私は懐かしんだ。

「とはいえ、試験の方は全部見事に平均点。抜かりはなし！　やっぱり私、完璧過ぎる」

もうかれこれ五年前か。

父に連れられて王城で過ごしていたあの時を除いて、徹底的に他の貴族との関わりを絶って生きてきている。

パーティーだって最低限出席して、あとは体調不良とかでなんとかしてきた。

目立ちに目立っていた前世の所業を十全に活《い》かした無駄のない行動だった。

「……でもさ。よりにもよってなんで今年に王子殿下が王立魔法学院に入学してくるんだ」

頭を抱える。

もう言うことはなし。百点満点の行動だと思っていたはずの己の行動は、予期せぬところで綻《ほころ》びが生じた。

まさかの外的要因。

王子殿下と同期で入学とか面倒ごとの匂いしかしない。本当に勘弁願いたかった。

特に、この世界は前世の私が生を受けた世界でもある。

面倒ごとはもちろんのこと、正直、迷惑を散々掛けてしまったあの王子殿下の子孫には申し訳なさも含めて出くわしたくはない。

気不味《きまず》くなることは目に見えていたし。

とはいえ、極力目立たないように生きていけばなんとかなる気もしなくもない。

とりあえず、今はそのことは考えないようにしよう。胃がキリキリする。

「……そういえば、ベルって今何してるんだろ」

別の話題、別の話題。

そう思って頭の中から王子殿下の存在を彼方に追いやっていた私はふと、思い出す。

その名前は、私が今生において唯一、お節介らしい節介を焼いた少年の名であった。

ベルでいいと言われたのでベルと呼んでいたけれど、この五年間。

貴族との関係を出来る限り絶っているとはいえ、一向にその名を聞く機会がなかった。

城にいたってことは貴族なんだろうけど、いったい今は何をしているのだろうか。

「ま、いつか会えるでしょ」

そんなことを言ってる間に、教室に人が集まってゆく。

早く家に帰りたいなあと思いながら、窓越しの景色を眺め、意識をどこか遠くに向けていた私の周囲に何故《なぜ》か視線が集まっていた。

……いったい、どうしたのだろうか。

そう思って向き直ると、そこには人がいた。

端正な顔立ちの、銀髪男がいた。

私に視線が集まってる理由はそれかと理解すると同時、この銀髪は何故《なぜ》私の前にいるのだろうかと疑問が浮かぶ。

「……あの、席間違ってませんか」

暗に、人違いじゃないかと問うと、何故《なぜ》か銀髪男はきょとんとした表情を向けてきた。

何言ってるんだコイツ、みたいな顔してるけど、私の方が何言ってるんだコイツだよ。

「久しぶりの再会なのに、最初の一言目がそれか」

お前らしいと言えばお前らしくあるが。

そう付け加えて男は勝手に納得して破顔する。

いったい、何を言っているのだろうか。

「それと、席は間違ってない。俺《おれ》はお前に会いに来たんだ」

「は、はあ」

あぁ、なるほど。

同級生だからと挨拶に来たのか。

これはまた、律儀な人だなって思ったその瞬間だった。

「幼馴染に会いに来ることは何もおかしくないだろうに」

「…………へ？」

間抜けに一音。

ひどく素《す》っ頓狂《とんきょう》な声が口から零《こぼ》れ落ちる。

予想外過ぎる返事に目が点になった。

「ベル、と言えば分かるか」

その口調。

少しだけ低くなってるけど、その声音。

そこからなんとなく、答えが見えて来る。

同時、ざわりと教室の中が浮き足立つ。

小声で飛び交う言葉の数々。

そこには何故《なぜ》か、私が執拗に避けようとしていた人物である「王子殿下」という言葉が入り交じっていた。

あぁ、これは……たぶん私は致命的なやらかしをしてる。たぶん。いや、ぜったい。

「五年ぶりだな、シルフィー。これから三年間、よろしくな」

五年ぶり。

その単語で、確信した。

この銀髪男の正体は、ベルだ。

直後、こちらに視線を向けていた野次馬が、「ベルシュ王子殿下と彼女はいったい、どんな関係なのかしら」などとひそひそ話を始める。

そこには猜疑心《さいぎしん》のような、警戒心のような厳しい視線もあって、居心地が悪い。

ベルシュ王子殿下。

……なるほど。

それでベルだったのか――って。

「………えっ」

叫び声はどうにかあげはしなかったけど、その驚愕《きょうがく》の感情が収まることはなく。

黄色い声をあげ始めるクラスメイトだろう貴族令嬢と、ベルの屈託《くったく》のない笑み。

そして私の完璧過ぎたはずの計画が、ものの見事に崩れ落ちる音を聞きながら、私は一人、放心する羽目になった。

しかし、すぐさま、我に返った。

過去の行動を白紙に戻すことは出来ずとも、これからの未来は変えられる。

最低限、「あの地味女はいったい、殿下のなんなのかしら」などと、ひと一人殺せそうな眼差しを向けてくる一部の貴族令嬢達からの印象はどうにか取り繕わなくてはいけない。

じゃないと、冗談抜きで私のひっそり学院ライフが粉々になる。

だから、仕方がなかった。

たとえ、目の前の銀髪男が言われてみればベルの面影しかなく、ベルっぽい名前をしていた挙句、私の名前を呼んで幼馴染呼ばわりという言い訳のしようがない状況であろうとも！

「……ひ、人違いじゃないでしょうか」

出来る限り顔が見えないようにと背けながら、引き攣《つ》った表情で私はどうにか言葉を言い放つ。

声でバレる可能性があったので、小声にすることも忘れない。

「いや、どこからどう見てもシルフィーだと思…」

「あ、あー!!　そろそろ始業の時間も近いですし、席についた方がいいと思いますよ!!」

声バレ警戒撤回。

もはや、強引にこれは言い包《くる》めるしかなかった。

そう悟った私は、大声でもってベルに席につけと促《うなが》す。人違いであると誤魔化すことが無理そうなのであれば、こうするしかない。

「……それもそうだな」
あとで色々と説明するから！
だから今はほっといて！　他人のフリして！
私の視線の訴えを感じ取ってくれたのか。
それは定かでないけれど、私の言葉にベルは頷《うなず》き、そして席を選ぼうとして
――丁度、偶然にも空席だった私の隣に座った。
…………なんでだよ。
全然訴えを感じ取ってくれてなかった。
私に絡んでくる気満々だった。
ほら見たことか。
「どうしてあんな地味女が殿下と……」
めちゃくちゃ殺意高そうな言葉が聞こえて来る羽目になっちゃってるじゃん
……！
かくなる上は――。
「ところで」
ベルが何かを言おうとしていたけれど、それよりも先に私は勢いよく机に手をつ

き、立ち上がる。

　ここで下手に策を講じて取り返しのつかない失敗をするくらいなら、

「た、体調が優れないので保健室で休んできます!!」

　三十六計逃げるに如《し》かず。

　とりあえず、逃げてしまおう。

　あれこれと考えるのはそれからでいい。

　初日から体調不良で保健室だなんて目立つ行為はあんまりしたくはなかったが、背に腹はかえられないのだ。

「体調が悪いなら、俺もついて行こうか」

「殿下のお手を煩《わずら》わせる訳にはいきませんから！　一人で大丈夫です！」

　ベルからの申し出を断りながら私は、周囲の名前もまだ知らない同級生達から奇異の視線を向けられつつも、保健室へと直行した。

第二章　波乱の予感と新たな出会い

「さいあくだ」

体調不良であると言って駆け込んだこともあり、保健室のベッドの上で寝かされていた私は真っ白な天井を仰ぎながら力なく呟《つぶや》いた。

「……ちょっと状況を整理しよう。えっと」

未《いま》だ困惑していた思考を落ち着かせるべく、ゆっくりと状況を噛み砕いてゆく。

「昔私が図書館で出会ったベルが王子殿下で、何故《なぜ》か私が入学したこのタイミングに入学していて、しかも同じクラス。隣の席になってしまった、と」

そして、あの教室にいた貴族令嬢の一部からはかなり睨《にら》まれていた。

ベルってば、珍しい髪色をしてるけど、容姿とかは美形って言って差し障りないからね。

しかも王子殿下ともなれば、そりゃあ私みたいなのが幼馴染呼ばわりで、めちゃくちゃフレンドリーに接してたら面白い展開じゃないよね。

「……どうしてこうなった」

学院を卒業したら、晴れて治癒師の道へ。

昨日まで夢想していたその将来設計に致命的なヒビが入ってしまったことは分かった。

「いや。それよりも、これからどうするか、だよね」

さいあくとは言ったが、本音を言えば、嬉しい気持ち半分、勘弁してくれという気持ち半分だった。

実は王子殿下であったベルが、私に絡んでくる事態は出来る限り避けたい。

ただ、昔馴染と五年ぶりに再会出来たことについては素直に嬉しくあった。

「これから先もずっと、こんなことをする訳にはいかないし……」

今回はどうしようもなかったから「逃げ」はしたが、これは本当に最後の手段。

けれど、私の治癒師になるという目的のためにはどうしても、ひっそりと学院生活を送る必要があった。

「というか、そもそも貴族のしがらみさえなければ今頃こんなことには……！」

まず、貴族である場合、この王立魔法学院に通うことは義務である。

同時に、ここは貴族子女同士の交流の場であり、主にその縁から婚約に結びつくパターンも割とよくある話らしい。

だから、私が治癒師の道を進むためには万が一にも縁談が纏《まと》まってしまう。なんてことがあってはならない。

なので、目立つことはご法度《はっと》。

こいつ居たっけ……？　ぐらいの存在感で丁度いいくらいであったのだ。

「って、今さら何を言ってもどうしようもないんだけどね」

いくら後悔を重ねようと、すでに起きてしまった過去は変えられない。

それは、前世に対しての慚愧《ざんき》の念を未だに抱え込んだままの私が一番知っている。

だから私は、はぁ、と深い溜息を吐いた。

「とりあえず、教室にはそろそろ戻るとして」

一応、病人としてやって来たこともあり、表面上の体裁を整えるために横になっているうちに、それなりに時間が経過してしまっていた。

ベルのことについてはいつか、二人きりになれるタイミングで本人に説明をするとして。

ひとまず、教室に戻るべきか。

そう考えると同時に、がらりと保健室の扉が開かれた。

誰がやって来たのだろうか。

抱いた疑問に答えるように、声が続いた。

「いるか？　シルフィー」

「……ベル？」

覗《のぞ》くように顔を出してみると、そこには頭痛のタネでもあったベルがそこにいた。

「初日だからだろうな。1年生だけ、今日は授業もなく下校になったぞ」

外はまだ明るく、日暮れには程遠い。

なのにもう下校と言われて、少しばかり驚いてしまう。

「体調の方は……大丈夫そうだな」

鏡を見ずとも分かる血色が良いであろう私の顔を確認して、ベルは微笑んだ。

「なあ、シルフィー」

「な、なんでしょうか」

どうせ、仮病で保健室に駆け込んだことは露見してるだろうし、その上でわざわざ私のもとにまで訪ねて来たのだ。

いったい、何を言われるのだろうか。

身構える私であったけど、続けられる言葉は私を責め立てるものではなくて。

「改めて、五年ぶりだな。久しぶり」

ただ、責め立てることはされなかったけれど、私に向けてくる視線が今度は否定してくれるなよと訴え掛けているようにも思えた。

……周囲には幸い、私とベルしかいない。

加えて、色々とこっちの事情を理解して貰う上でも今は観念して認める他なかった。

「……久しぶりだね、ベル」

一瞬、相手は王子殿下なんだから敬語に敬称で呼んだ方がいいかと考えた。

でも、その逡巡《しゅんじゅん》を見透かしたようにベルの表情が物寂しそうなものに変わっていくものだから、私は観念して昔と変わらない対応をする。

「やっと、ベルって呼んでくれたな」

そう言って、ベルは顔を綻《ほころ》ばせる。

ただ名前を呼んだだけなのに、それだけで心底嬉しくて堪らないと言わんばかりの表情を浮かべていて。

　なんというか、不思議とベルが王子殿下と分かってしまった後だというのに、隔たりは一切感じられなかった。

「どうして」

　きっと、遠慮ない物言いでベルに尋ねようと思ったのはそれが理由。

　五年前。

　己を腫れ物と呼び、自由に生きたいと語ってくれた少年がどうして貴族の学舎になどいるのか。

　強要をされたのか。それとも——。

「心配せずとも、これは俺の意思だ」

　どうして王立魔法学院にいるのか。

　その理由を尋ねるより先に、答えがやってくる。

「他の誰に強要されたわけでもなく、正真正銘、俺の意思だから」

　そして、繰り返す。

　心配はいらないと私に教えるように。

「だから、シルフィーが考えているようなことにはなっていない」

「……。そっ、か。それなら、いいんだけど」

一瞬、強がってるのかと思った。

気丈に振る舞ってるだけなのかと邪推してしまった。

でも、長いようで短い付き合いの中でも殆《ほとん》ど見せてくれなかった優しげな笑みをベルが浮かべるものだから、疑う訳にはいかなかった。

少し物寂しくはあるけど、ベルはベルで己なりの一歩を踏み出したのだろう。

「これで、心配ごとも無くなっただろう？　だから、これからは昔みたいに」

「ま、待った！　待った待った！」

どうにも、私がベルから距離を取ろうとした理由は、ベルの事情を深読みしてしまったが故《ゆえ》のものであると捉《とら》えているらしい。

だから、そうじゃないと否定するべく、言葉を慌てて重ねる。

「あ、いや、その、別にベルと仲良くしたくないって訳じゃないんだけどね」

即座に否定しては、まるで仲良くしたくないみたいに捉えられてしまう。

だから、拙《つたな》くはあったけど、言い訳もする。

「そ、その、ほら！　異性が一緒にいると色々と変な勘違いをされることもあるかもしれないでしょ⁉　流石《さすが》に、こんなことでベルに迷惑を掛ける訳にもいかないし。

ここはお互いに、ある程度距離を取って」

「別に、言いたい奴には好きに言わせておけばいいだけの話だろうが」

適度な関係で学院生活を送っていかない？

そう提案しようとした私の考えは、呆気《あっけ》なく木《こ》っ端《ぱ》微塵《みじん》になった。

そこには、刹那《せつな》の逡巡《しゅんじゅん》すらなかった。

「そもそも、それを迷惑と思うくらいなら初日からシルフィーに声を掛けてない」

ですよねー……。

滅茶苦茶当たり前の、説得力のあるお返事をいただいた。

そして同時、ベルと一緒にいることで悪目立ちしてしまえば、私の懸念は全て解決なのでは……？

側にいることを許容さえしてしまえば、嫉妬やら何やらで私に多少の被害が生まれるかもしれないが、全て丸く収まるのでは……？

そんな考えが浮かぶけれど、ぶんぶん、と頭《かぶり》を振り、彼方へと追いやる。

前世、散々迷惑を掛けてしまったあの王子殿下の子孫であるベルにまで迷惑を掛ける選択肢だけは、何があろうと選ぶ訳にはいかない。

たとえ、己の治癒師の未来が潰《つい》えるかどうかの選択を迫られようと、それだけは許容する訳にはいかなかった。

それが、私なりの贖罪《しょくざい》でもあるから。

「……意地悪な神様もいたもんだ」

ぽつりと、脈絡のない言葉を私は呟く。

ベルの言葉は嬉しい。

嘘偽りなく素直に嬉しいと思ってる。

本来であれば五年ぶりの再会を祝い、昔話に花を咲かせていたことだろう。

ただ、私が治癒師を志したそもそもの理由をベルは知らない。

かつて自分の我儘《わがまま》によって、迷惑を掛けてしまった王子殿下を始めとした周囲の者達に対しての贖罪故《ゆえ》であることを彼は知らない。

もし、この事情全てを知った上で、いるかどうかも分からない神様という存在が私とベルを引き合わせたのだとしたら、やはり、とんでもなく意地悪な神様という感想に落ち着く。

「……意地悪な神様?」

「ぁ、ううん。ごめん、こっちの話」

出来ることなら、ベルの側にいて力になってあげたい。こんな私でも、まだ彼に対して助けになれることはあるだろうから。

だけど、かつての私が疫病神のような存在だったことを考えると、やはり距離を取りたいとも強く思う。

ぐるぐると、私の頭の中で答えのない疑問が巡る。どうすれば良いか分からないからこそ、先程の即席の言い訳でベルに「そうだな」と納得していて欲しかった。

「なあ、シルフィー」

「……?」

「少し、歩かないか。シルフィーには、色々と俺も話しておきたいことがあるんだ。どうして、魔法学院に俺が入学しようと思ったのか、とかな。面と向かってだと少し話し難いから、歩きながら話させてくれると助かるんだが」

どうだろ?

と、ベルが私に意見を求めてくる。

自分でも分かるほどに険しい表情をする私を気遣ってくれたが故の申し出なのか。

それは分からなかったけど、保健室で二人、息の詰まるような空気の中で話すよりはずっとマシかと思い、私はその申し出に頷《うなず》くことにした。

「正直なことを言ってしまうと、俺なりに恩返しがしたかったんだ。他でもないシルフィーに」

†

同級生がいたら、ベルと私が二人で歩こうものなら変な噂になるのでは。

歩きながら話すことに了承はしたものの、ふと思ってみればその危険性があったことを思い出し、慌てて周囲を警戒する私だったけれど、その心配は無用だった。

ベルの言う通り、既《すで》に私達一年生は下校の時間になっていたからか。

同級生らしき人間は殆《ほとん》ど学校内や周辺には残っていなかった。

いるのは、上級生くらい。

「……私に？」

「ほら、色々と助けて貰ってただろ、俺はさ」

手を貸した覚えはある。

あるけど、改まって恩返しをさせてくれ。

と言われるほどのことをした覚えはなかった。

だから、疑問符が浮かんだ。

「だからいつか、あの時の恩返しが出来ればって実は考えてたんだ」

「……だから、魔法学院に？」

「半分正解ってところだな。もう半分は……まだ教えてやれないが」

もったいぶった言い方で、ベルが教えてくれる。

同時に、こうなった原因は私にあるじゃん……！　と思わず頭を抱えたい気持ちでいっぱいになった。

「そういう訳で、俺はどんな形であれ、お前の力になりたかったんだ」

まるで、そのために魔法学院に入学をしたと言わんばかりの物言いをされては、流石の私も突き放す気にはなれなかった。

「あれはただ、私がやりたいからやっただけだよ。だから、気にしなくても良かったのに」

「お前が気にしなくても、俺が気にする。シルフィーがいなければ、今の俺はいなかっただろうから」

「……律儀過ぎるよ」

転瞬、遠い遠い過去の私の記憶が喚起される。

我儘《わがまま》放題だった過去の己がひどく迷惑を掛けてしまった王子殿下も、律儀な性格だったなあと悔恨の感情と共に私の中で唐突に蘇《よみがえ》った。

王子という立場であることを今の今まで隠していたことに思うところはあるけれど、そうしなければならなかった理由を私は知っているからこそ、それを指摘する気にはなれなかった。

「ところで、その格好《かっこう》だけは昔から変わらないんだな」

今ではない過去に思いを馳せる私だったけど、ベルのその一言によって我に返る。

その格好、というと私の渾身の地味装備のことだろうか。

容姿で面倒ごとを起こした前世の経験を十二分に活《い》かしたファッションである。

五年前よりもさらに磨きが掛かったこの装備に目をつけるとはお目が高――。

「相変わらず、ダサいなそれ」

「だ、ダサ……ッ⁉」

……全然高くなかった。

地味だな。とか、色々言いようがあっただろうに、一発目からダサいな、は酷すぎる。

「それに、シルフィーって目、良かっただろ。なんでそんな眼鏡をかけてるんだよ」

「これは伊達《だて》だよ。いいでしょ」

「外した方が絶対いいと思うんだが」

「……余計なお世話です」

私が苦心して見つけた牛乳瓶底伊達眼鏡は不評だった。

「ところで、今どこに向かってるの？」

歩きながら話したいと口にしたベルについていく私だったけど、今どこに向かっているのかについては全く知らなかった。

だから、そう尋ねると、ベルはにんまりと口角をゆるく持ち上げる。

「俺達が、初めて出会った場所」

あてもなくただ歩いているだけなのかと思ったけど、ちゃんとした目的地があったらしい。

言われてもみれば、この方向は城に向かう道でもあった。

「シルフィーと再会したら、何よりも先にあそこへ連れて行くつもりだった。他でもないシルフィーに、見て欲しいものがあったから」

「私に、見て欲しいもの……？」

そんなものにはもちろん、心当たりがなくて思わず首を傾げてしまう。

「もっとも、それはシルフィーがひた隠しにしてるものでもあるんだがな」

嫌味ったらしくベルが言う。

「シルフィーほどの腕があれば、首席も狙えただろうに」

なんのことだろうか。

一瞬、本気でベルが何を指して言っているのかが分からなかったけど、ほどなくその疑問は氷解した。

「……な、なんのことだろうね？」

ベルが言いたいのは、きっと魔法について。

五年前の時点で卓越しているとバラしちゃった魔法の腕についてだ。

「ただ、どこかの誰かさんは腕があるにもかかわらず、平均点を叩き出したらしいが」

「……なんで知ってるし」

「王子権限」

「け、権力濫用してる！　この王子!!」

王立魔法学院は、基本的に貴族であれば誰でも入学は出来るのだが、入学試験も存在しているには存在していた。

そして、その試験で首席だった人間はスピーチやら何やらやらされたらしいが、冗談じゃない。

そんなものは無論、お断りである。

そもそも、目立つ気が一切ない私がそんなものを狙う必要性は万が一にもなかった。

「嘘だ、嘘。流石に権限を濫用する気はないさ。ただ、全項目平均点を叩き出した珍しい人間がいるって噂を聞いただけだ」

「ぐっ」

要するに、カマをかけただけだったらしい。

ついつい釣られてしまった自分に嫌気がさす。

やがて私は、はぁと溜息を吐きながら観念。

ベルには色々と五年前の時点でバレているだろうし、今さら取り繕っても仕方がないかと割り切ることにした。

「……それで、見せたいものって？」

「昔、俺がシルフィーに『空を飛びたい』って言ったこと、覚えてるか」

「そりゃあ、まあ」

でも、その言葉は比喩的な発言だったはずだ。しがらみだらけの現状から、自由になりたい。そう願っていたが故に、口にした願望であったはずだ。

「今はもう、昔のような考えは抱いてないけど……それでも、かつて幼馴染に語った夢を現実のものにしてみたら面白いんじゃないかと思ってさ。だから、魔法師長達に協力して貰いながら模索してる途中でな。まだ未完成なんだが、シルフィーにも見て貰いたいんだ」

「……空を飛ぶ魔法を？」

「ああ。出来れば、アドバイスもあれば欲しいんだ」

試行錯誤の段階だからだろう。

ようやく、図書館へとベルが私を連れて行こうとする理由が分かった。

「一応言っておくけど、私、魔法師じゃないよ？」

「知ってる。治癒師、だろ？　でも、俺に魔法を教えてくれたのは他でもないシルフィーだから」

だから、見て欲しいと告げられては、拒絶出来るわけもなかった。

やがて、見えてくる大きな城のシルエット。

五年前に出入りしていたお城の門が、視界に飛び込んでくる。

「ご学友ですか？」

直後、私達に声が向けられた。

声の主は、魔法師らしいローブに身を包んだ壮年の男。顎髭《あごひげ》を拵《こしら》えた灰色髪の男性だった。

一瞬、門の側にいたから門番の方かと思ったけど、胸辺りにつけられたバッジの存在がそれを否定する。

あのバッジは確か。

「幼馴染と言いたいが、今は学友でもあるか」

「幼馴染、というと……そちらのご令嬢は、リーレッド侯爵家の？」

「シルフィー・リーレッド、です」

幼馴染で私って分かるんだ……。

などと思いつつも、自己紹介せざるを得ない状況になってしまったこともあり、名前を言う。

「なるほど。殿下の幼馴染殿でしたか。おっ、と、申し遅れました。私の名前はハカゼ・クロイツ。以後お見知り置きを」

獅子を模したあのバッジは、魔法師長の立場を示すもの。

四年ほど前に魔法師長が代替わりしたこともあり、名前しか知らなかったけど、彼がハカゼ・クロイツさんかと納得する。

「シルフィー殿のお噂は殿下から、かねがね伺っております」

どこか微笑ましそうな。

喜色の滲んだ笑みを浮かべてそう口にするハカゼさんの様子から、その噂が私にとって歓迎すべきものでないことはすぐに理解した。

「ベル?」

私がいないところでいったい、どんな噂を吹き込んだんだ。

そう責め立てるべく、側にいた張本人に問い掛けてみた。

「ハカゼが誤解を招くような言い方をしてるだけだ。俺は、変なことを吹き込んだ覚えはない」

すると、自分もなんのことだか分からないと言わんばかりに、わざとらしくハカゼさんは笑みを深めていた。

「ええ、そうですね。人一倍お節介で、ファッションセンスがダサいけど、魔法の扱いに誰よりも長けた自慢の幼馴染、としか聞いてませんね」

途中、一つだけ私に対するディスりが聞こえて来たけれど、本当に変なことは吹き込んでいないようだった。

いや、厳密に言えばファッションセンスがダサいとか、魔法云々については触れて欲しくなかったんだけれども。

「せっかくだ。ハカゼも付き合っていけよ」

「付き合う、ですか？」

「ああ。今から図書館で、シルフィーにアレを見て貰うつもりだったから」

「アレ、というと……『空を飛ぶ魔法』ですか。確かに、魔法に携わる人間としてもそれについては気になってしまいますね」

私を置いてきぼりに、二人の間で会話が進む。

ハカゼさんからは意味深そうに向けられる視線。お手並み拝見、みたいな値踏みをするような雰囲気が漂ってるけど、私そもそも魔法師じゃないんで。

という言い訳は、どうにも聞いてくれそうになかった。

†

「懐かしいなあ、この図書館も」

父に言われて連れてこられた城ではあったけれど、今持つ治癒師としての知識の大半を私は図書館《ここ》で学んでいた。

だから、五年ぶりの訪問に感慨深い感情のようなものが湧き上がる。

五年前の記憶が喚起され、意識が過去に向く。今はいるはずもないのに、五年前のベルの姿が、いつもいた場所に幻視されるようだった。

気付けば、私の顔は綻《ほころ》んでいた。

「シルフィーは、あれから全く訪ねてくれなかったからな」

そりゃあ懐かしく思うだろうな、ってどこか不貞腐《ふてくさ》れるように、ベルが言う。

でも仕方がないじゃん。

そもそもの機会がなかったことに加えて、私の場合は誰かに目をつけられる訳にもいかなかったんだから。

「それ、で。私に見て欲しい『空を飛ぶ魔法』は……これか」

五年前。

魔法の知識をそれなりに持っていた私が、ベルに教えていた場所に大きな紙が広げられていた。

魔法術式が描かれている。

綺麗《きれい》に編まれた術式陣だった。

確かに、まだ完成には至っていないようだけれど、限りなく完成に近いと言って良いと思う。

「『空を飛ぶ』んだから、風の魔法を使ってるのかと思ったけど……これはどちらかと言えば『天空魔法』だね。〝失われた秘術《ロストマジック》〟の再現っぽいかな、これは」

私の前世の時でさえ、失われていた秘術――〝ロストマジック〟。

曰く、数百年も昔に失伝した秘術を一括りにして〝失われた秘術《ロストマジック》〟と呼ばれているが、まさかそれを持ち出してくるとは思ってもみなかった。

とはいえ、魔法師でもない私が、〝失われた秘術《ロストマジック》〟についての知識を持ち得ている理由はちゃんとある。

「……昔、散々勧誘されてたからなあ。あの時、もう少し私が真面目だったらちゃんとしたアドバイスをあげられたんだろうけど」

中身は我儘《わがまま》な悪女であったけれど、才能という一点においては顔も知らない魔法師の方から偶《たま》に、魔法師にならないかと勧誘されるほどであった。

だからこそ、その過程で勧誘文句として〝ロストマジック〟の説明を受ける機会もあったので一応、知識としては知っていた。

「いや、でもこれはたぶん……」

顎に手を当てて悩む素振りを一度。

予想でしかなかったけれど、恐らくこうすれば良いのでは――？

と、意見を口にしようとしたところで、ハカゼさんが私に奇異の視線を向けていることに気付いた。

ベルはというと、どこか呆れ混じりに仕方がなさそうに笑っていた。

「どうかしましたか？」

「……一目で分かるのですね。これが、『天空魔法』と呼ばれていた〝失われた秘術《ロストマジック》〟をベースとした術式陣であると」

「言っておくが、俺はシルフィーに何も話してないからな」

「ええ、それはもちろん。そもそも、私は『空を飛ぶ』ための術式構築に力を貸していますが、それでも、殿下にこれが『天空魔法』をベースとした術式とは一度も話していませんでしたから」

そこで己の失態を悟る。

ひっそり慎ましく生きることを信条としていたせいで、部分部分で肝心な所の常識が世間一般と私の中で食い違ってしまっていた。

それは、ベルに魔法を教えたあの時にちゃんと自覚していたはずなのに、何してるんだ私は。

だから慌てて取り繕うとして。

「しかし、なるほど。殿下が貴女《あなた》を絶賛するのもよく分かります。そして今も、貴女をこうして頼ろうとする理由も。殿下にあれほどの魔法を教えたのが貴女であるならば、今なら納得が出来ますね」

だけど、取り繕う間もなく捲《まく》し立てられる。

「シルフィーさん。一つ、くだらない質問をしても？」

「くだらない質問、ですか」

「ええ。とびきりくだらない質問です。ですが、私のような人間にはそれが気になってしまって。……どうして、それほどの才能を持ちながら貴女は魔法師を志さないのですか」

どんな質問だろうか。

身構える私に向けられたソレは、前世から腐るほど投げ掛けられてきた質問だった。

きっと、ハカゼさんはベルから私が治癒師を志しているという話を聞いていたのだろう。

とんだ碌《ろく》でなしだった頃の私は、魔法が必要であれば、凄腕の魔法師を呼びつけて、そいつにやらせれば良いのだ。だから私が苦労をして魔法師になる理由はどこにもない。

なんて救えない回答をしていたが、流石に前世と同じ回答をする気はなかった。

何より、私が魔法師ではなく治癒師を目指す理由なんて決まりきっているのだから。

「誰かの役に立ちたかったから、ですかね」

それは、五年前にもベルに向けて語った言葉だった。

五年という年月を経てなお、私の根幹は変わらない。

「私にとってそれは、治癒師が一番ピッタリだと思った。だから、治癒師を目指すことにしました」

父には相変わらず、猛反対を食らってますけど。

あまり深刻な空気になっても困るので、私は笑いを誘うような言葉を口にした。

「治癒師に限らず、魔法師であっても、それは可能であることは分かってます」

このままでは、魔法師が誰の役に立たない仕事であると言っているようなものであったので、フォローも忘れない。

「ただ、ここからは私の個人的な事情になっちゃうんですけど、魔法師は色々と私の性にあってないかなって思っちゃいまして」

最終的に決め手となった理由は、貴族との関わりが深いか、そうでないか。

だから、消去法で治癒師を選んだのだと、不純にも思える動機を白状する。

それ故に、誰かのために。

前世の贖罪が出来るのであれば、私としてはその形は問わない、というのが本音だった。

「もちろん、こんな私を必要としてくれるのであれば、治癒に限らずとも、魔法であれ力を貸せたらなと思ってます」

たかが知れてるだろうけど、それでも。

どんな意図があったのかは知らないけど、与えられたこの第二の生を、少しでも意味のあるものにしたいから。

前世の教訓を活かし、慎ましく、それでいて過去の過ちをどうにか洗い流せるように。

そんな考えの下に、私は今を生きているのだから。

「……だから俺は言ってただろ。シルフィーを誘うだなんて絶対に無理だと」

時間にして十数秒。

何とも言えない沈黙を挟んだのち、ちょっとやそっとのことで、私の考えが揺らがないと確認してか。

お前は相変わらずだなと言わんばかりの苦笑いを交えながら、ベルがそう口にする。

「えっ、と、それはどういうこと……？」

「……ハカゼの奴は、シルフィーを魔法師として迎え入れたかったんだろうな。自分が研究している〝失われた秘術《ロストマジック》〟のことを一目で見抜くような人材だ。それこそ、喉から手が出るほど」

ベルの説明を受けて、ハカゼさんに視線を向ける。

先の言葉は図星であったのか。

居心地が悪そうにハカゼさんは視線を逸《そ》らしていた。

そういえば、前世でもそうだったけど魔法師の人達って今でも〝失われた秘術《ロストマジック》〟を現代に復元させる研究をしてるのか。

「しかし、惜しいですね。ええ、惜しい。とてつもなく惜しい」

バレては仕方がないと割り切ったのか。

未練がましそうに「惜しい」「惜しい」と口にする機械人形みたいなことになってた。

なんというか、この光景には前世でも何回か出会ったことがある気がして既視感《きしかん》が凄《すご》かった。

「シルフィーが色々と惜しいことだらけなのはさておき、本題に入ろうか」

「い、色々と惜しい……」

なんか聞き捨てならない言葉が聞こえてきたけど、取り合う気はないのか。

綺麗にスルーされた。

「なあ、シルフィー。これ、どう思う？」

ベルの視線の先には、机に広がる紙――描かれた術式陣があった。

先ほど、言いそびれた意見を改めて、ということなのだろう。

「……私も専門家でないので詳しいことは分かりませんが、かなり完成に近い気がします。ただ、元々『天空魔法』は竜が使っていたとされる魔法です。人間がそれを使う場合、オリジナルであると身体の負担が大き過ぎるかと。それに、空を飛ぶという継続的な行為に対して、消費魔力が膨大ですので、恐らくここをこうして」

身体を浮かすために描いていた術式を少し改変。そこに重力を上下させる術式を組み込む。

続けて、『天空魔法』特有の空気を取り込んで魔力を回復させる術式の部分も少し改変。

これは、竜だからこそどうにかなっていた部分だから、人間用にアレンジする必要があって。

さらにさらに、『天空魔法』だと出力が大き過ぎるからこの部分は風魔法に変えて――。

「いえ、ここは陣を重ねるべきでは？」

「あ、そう、ですね。大きな陣を一つ用意するより、小さな陣を二つに重ねてしまった方が燃費がいいですし……」

「いや、ここはそもそも、この陣を使わずに補助魔法で補った方が上手くいくような気がするんだが」

「た、確かに……‼」

三者三様。

意見を出し合って、『空を飛ぶ』魔法術式の構築のために試行錯誤する。

ベルには色々バレちゃってるし、隠しても仕方がないや精神でいたからか。

久々に好き勝手言いたい放題していた。

やがて、時が過ぎること、数時間。

明るかった日差しは黄昏《たそがれ》色に染まり、窓越しに映り込む景色は、疎《まば》らに浮かぶ雲と色が混ざって独特のコントラストを作り出していた。

「……やばい。鞄を学校に忘れちゃってる」

止まることを知らない魔法談義。

そろそろ家に帰らなくちゃいけないかなと思った折に、ようやく私は鞄を学校に忘れていることに気がつく。

完全に失念していた。

「鞄を取りに学校に寄ってから家に帰ろうと思うので、そろそろ失礼しますね」

日が落ちてしまうと、学校に寄ることもままならなくなるので慌ててその場を私は後にしようと試みる。

だけど、それに待ったを掛ける声が一つ。

「なら、俺もついていく。元はといえば、シルフィーを外に連れ出した俺が原因みたいなものだしな」

「いやいや。それは申し訳ないし、流石に――」

ベルのその申し出を固辞しようとする私だったけど、寸前で大切なことをまたしても思い出す。

そういえば、先ほどまでは魔法談義。

城に着くまでは昔話をしていたせいで、これからについてをまだ何も語れていないじゃないか。

今後の私とベルの接し方とか。

その他諸々、話とかしなきゃ私が色々とまずくなるよねこれ。

「い、え、やっぱり道とかちょっとだけ不安なので、お願い出来たら嬉しいなあ、なんて」

我ながら、怪しさ満点の返事だと思ったけど、ベルはそうでなかったのか。

特に気にした様子もなく頷《うなず》いてくれた。

第三章　ダンジョンブレイク

「……本当に、何もかもが上手くいかないのなんなの」

ただ、私の目論見《もくろみ》とは裏腹に、日没の時間が迫っていたこともあって悠長に話しながら向かうことは出来なかった。

それどころか、先ほどまで談義していた内容を少し実践してみるか。なんてことになったせいで、魔法学院には比較的すぐに到着。結局やっぱり、学院では完全に距離を取ることはしないにせよ、ある程度の距離は取っておいた方がベルにとっても私にとっても……という話は出来ず終いであった。

「でも、諦《あきら》めるわけにはいかないし……」

思い出せ、私。

ベルに話しかけられるや否や、親の仇でも見つけたのかと言わんばかりに睨みつけてきた一部のクラスメイトの視線を。

現状維持とかになってもみろ。

物理的に私が死ぬ未来が透けて見える。

あれは、刺されて死ぬくらいは十分あり得そうな雰囲気だった。うん。

教室にて、私が陣取った隅っこの席に掛けられていた鞄を手に取りながら溜息を吐き出した。

「かくなる上は、この帰り道に三度目の正直で……!! って、ぅん?」

意気込む私だったけど、ドタドタと忙しい足音が教室の外から聞こえてくる。

なんだろうかとドアから顔を出すと、そこには教室の外で待ってくれていたベルに向かって迫ってくる上級生らしき男の姿があった。

見る限り、焦燥感に駆られているようだけれど、何かあったのだろうか。

「良いところに……!! 先生を見なかったか⁉ この際、誰でもいいんだが……」

「どうかしたんですか?」

尋常でない様子だった彼に、問い返す。

すると、一瞬ばかり躊躇《ためら》うような様子を見せたものの、呟《つぶや》きにも近い声量で忌々しそうに言葉が口にされた。

「……〝ダンジョンブレイク〟だ」

それは、聞き慣れない言葉だった。

前世でもダンジョンの存在はあったけれど、〝ダンジョンブレイク〟という言葉に聞き覚えはない。

だから、頭に疑問符が浮かぶ。

「ダンジョンに問題があったのか」

けど、隣でベルが受け答えしてくれたお陰で〝ダンジョンブレイク〟がダンジョンに問題があったことを指す言葉であると理解する。

「……ああ。三十四階層で異常があった。恐らく階層主絡みだ」

階層主。

その言葉は分かる。

ダンジョンは、一層一層分かれており、五層ごとに階層主と呼ばれる門番のような魔物が存在しているのだ。

それを、階層主と呼ぶ。

「お前ら、一年生だよな」

「そう、ですけど」

「なら、エスト・ハーミダ先生は分かるよな⁉　もし見つけたら、試験の最中、三十四階層で異常があったと伝えてくれ‼　他の教員でも見つけ次第、そう伝えてくれ！　いいいな⁉」

それだけ告げて、私達とは異なる色味の制服――恐らくは二年生の彼はどこかへと走り去って行ってしまう。

「……エスト・ハーミダ先生？　試験？」

「恐らく、今日行われている三年生の試験のことだろうな。ほら、今日は俺達、下校が早かっただろう？　その理由が、三年生がダンジョンで試験を行っているからだそうだ」

保健室に逃げ込んでいた私の知らない情報が語られる。

この魔法学院では、魔法の技量を高めるためにダンジョンに潜ることを授業の一環として取り入れているのだ。

試験ということは、魔法の技量に対してのものなのだろう。

なるほど、そういうことだったのかと今さらながらに私は理解した。

「それと、エスト・ハーミダ先生は俺達の担任教員のことだな。だから恐らく、さっきの二年生は俺達の教室にやって来ていたんだろうよ」

ただ、いなかったからああして引き返して行ったのだろう。

時間がないからか。

あまり事情が語られなかったこともあってうまく飲み込めてないのだけれど、

「……探した方が、いいよね？　これって」

凄《すご》く困ってた感じだったし、流石《さすが》に知らんぷりをして帰ろうと思えるほど、面《つら》の皮は厚くない。

だから、ベルにそう話を切り出すと彼も私と同じ意見だったのか、首肯《しゅこう》で応えてくれる。

「だけど……どうやって探すか、だよね」

私達を除いて、一切人の気配を感じられないがらんとした廊下。教室内。

王立ということもあり、かなりだだっ広い校舎。

ひと一人探すにせよ、かなり時間がかかるであろうことは火を見るよりも明らかであった。

……もっとも、『普通』に探すならば、という前提条件がある場合に限るが。

「普通に探してちゃ埒《らち》があかないし……時間がないんだから、ズルするか」

きょろきょろと周囲に人がいないことを確認した後、ぽつりと一言。

時間がないことは明らか。

だから、悠長なことはしてられない。

しかし、慎ましく学院生活を送ると決めた私にとって、目立つ行為というものは論外。

故《ゆえ》に、誰もいないことを確認して今回だけという言い訳を重ねて、私はこれからの行動を決定した。

そして、前世に培った知識を容赦なく行使する。

「〝魔力探知《サーチ》〟」

右の足の爪先で地面を小突き、術式陣を編み――展開。

それは、周囲に存在する魔力を探知する魔法。人には誰しも魔力が備わっており、それゆえに、人探しにはある程度長けた魔法。

魔法学院の先生であるならば、恐らくは大きな魔力反応がある人物だろう。

「――見つけた」

一際《ひときわ》大きい魔力反応。

エスト・ハーミダ先生かどうかは判然としていないけど、少なくとも生徒ではないだろう。

「……相変わらずと言えば相変わらずなんだが……その魔法の知識は、いったいどこで培ったのやら」

「……それは内緒です」

前世の頃、便利そうだからって理由で、とある魔法師に教えて貰いました！

——とは流石に言えないので、人差し指を立てて内緒にしててよと訴えておく。

誰が聞いているか分からないので、下手な言い訳も満足に出来やしない。

「でも、異常と言っても何があったんだろう。階層主絡みとは言ってたけども」

魔力反応のあった場所へと駆け足で向かいながら、疑問を口にする。

ダンジョンで起こる異常といえど、その種類はすぐに思いつくだけでも十数は下らない。

一言に〝異常〟と纏《まと》めてしまっているが、それはいったいなんなのだろうか。

「さぁな。だが、あの慌てようを見る限り、ただの異常事態でないことは確かだろうな」

ベルは頓着していないのか。

特に気にした様子もなく、言葉を続ける。

「……だよねえ。にしても、三十四階層か」

「どうかしたのか？」

「いや、やけに深いなって思って」

――私も助けに向かった方が良いのだろうか。

自分でもよく分からないけど、そんな言葉が反射的に浮かんだ。

これまで慎重に連綿《れんめん》とどうにか紡いできた足跡を粉々にするような言葉だ。

だから私は、それを掻き消すように、当たり障《さわ》りのない返事をした。

今生は、贖罪《しょくざい》も兼ねて慎ましく生きると決めた。前世のあの惨状が脳裏にチラつくこともあり、目立つことは極力避けたかったから。

ただ、魔法師長であるハカゼさんが惜しんでくれたように、幸か不幸か。

シルフィー・リーレッドには才能があった。

治癒師《ちゆし》ではない魔法師としての才能。

しかし、名誉や栄光を望む気は一切ない。

ましてや、もう一度、策謀張り巡らされる魔窟《まくつ》でしかない政《まつりごと》の場に貴族として足を踏み入れる気などさらさらない。

だから、貴族と関わりの深い魔法師を目指す気ははなからなかった。故に治癒師を志した。

だがここで一つ疑問が生まれる。

誰かを助けることで、迷惑をかけた前世の贖罪を行おうとしている私が仮に、己の魔法の才を使えば助けられる場面に出くわしたとして。

慎ましく生きるべきという己の決めごとと、誰かのために。誰かの助けになろうとする願い。

それらが相反することもあるのではないか。

もしその場面に出くわしてしまった時、私はいったい、どのような選択をすれば良いのだろうか。

「でも、大丈夫か。魔法学院の先生達はみんな優秀だって聞くもんね」

……分からなかった。

分からなかったから、その疑問に対する答えを後回しにするような言葉を私は口にした。

そもそも、そんなことが分かっていたならば今頃、「誰かのためになることがしたい」などという漠然とした願いに寄り添って生きてはいないだろう。

自嘲《じちょう》にも似た感情が、ほんのわずか私の胸の内に押し寄せた。

「誰かと思えば、体調不良娘と殿下か」

腰付近にまで伸びた藍色の髪を、首の後ろで結った女性。その立ち姿は泰然《たいぜん》としていて、偏見だろうけど、女騎士のような人。

そんな感想を、私は目の前の女性——エスト・ハーミダ先生に抱いた。

だけど心なしか、彼女の表情はどこか疲労感のようなものがちりばめられ滲んでいた。

「それで、もう体調は良いのか」

「は、はい。それはお陰様で……じゃなくて！　あの、二年生っぽい方が先生のことを探していたんですけど」

運が良かったというべきか。

〝魔力探知《サーチ》〟によって探し当てた魔力の反応は、見事にエスト先生のものだったらしく、すぐに出会うことが叶っていた。

〝体調不良娘〟などという不名誉過ぎるあだ名が私に命名されていたことはさてお

き、

「なるほど。それで、三十四階層か」

今すぐに向かった方が良いのではないか。

そう急き立てようとする私だったけど、エスト先生は口を真一文字に引き結ぶだけだった。

「向かいたいのは山々だが、今すぐには難しい」

「え――――」

これでお役御免と思っていたはずが、予想だにしなかった返答によって、どうして、と疑問を抱く羽目になった。

エスト先生は、若干言い辛そうに視線を背後へと移す。

そこには、瓦礫《がれき》の山が不自然に築かれていた。

何も知らない人間が見れば、それはただの瓦礫の山であると称したことだろう。

実際、ベルはイマイチどういうことか分かっていないようであった。

なまじ、前世での知識がある分、分かってしまう。これは恐らく、

「……〝ゲート〟が使えないんですか」

「物知りだな、〝体調不良娘〟」

〝ゲート〟とは、言ってしまえばダンジョンへ続く道を構築している門のようなもの。

基本的に、その〝ゲート〟は様々な場所に点在しており、ダンジョンに立ち入る場合は例外なく〝ゲート〟を通る必要があった。

ただ、帰り道は〝帰還石〟と呼ばれる鉱石を用いることで〝ゲート〟を使わずに帰って来ることも出来る。

だから、〝ゲート〟が壊されようと本来ならば問題はあまりなかったはずなのだ。

助けに向かわなければならないという事態にさえ陥《おちい》らなければ、何も。

「あの、その呼び方は流石にやめて貰えませんか……？」

「入学初日から保健室に篭《こも》っていた人間を、他にどう言い表せと？」

「ぐ……っ」

それには、深い深い訳があるんです。

そう言ってやりたい気持ちは山々であったが、こと細かに事情を説明する訳にもいかず、うめき声を漏らしながら心の中で地団駄を踏むくらいしか出来なかった。

「そんな訳で、助けに向かうに向かえないんだ。一応、魔法の腕がそれなりに立つから、どうにかならないかと言われて試行錯誤してはみたが、この通りだ。流石にお手上げだ」

周囲を見渡すと、エスト先生に助けを求めたであろう生徒の影があった。

私とベルが出会ったあの生徒とは、恐らく入れ違いになってしまっていたのだろう。

「内から壊したのか。外から壊したのか。それは不明だし、そもそもどうやって壊したのかも不明過ぎるんだが、この通り、今この〝ゲート〟は使い物にならん」

エスト先生の言うように、そもそも〝ゲート〟は童《わらべ》でも知る常識として、壊せないものである。

たとえハンマーを持ち出そうと、魔法をぶつけようと——壊れない。

それが〝ゲート〟だ。

だからこそ、今この状況は私としても理解不能であった。

とはいえ、〝ゲート〟の修復に魔法の腕が立つというエスト先生が呼ばれた。

なら、魔法師長という立場にあるハカゼさんに助けを求めるのはどうだろうか。

一瞬、そんな考えを抱くけれど、王城に向かうまでに掛かる時間や、私自身がハカゼさんにお願いごとを出来る立場にないからと頭の中から追いやる。

「……じゃあ、これからどうするんですか」

「どうするもこうするもないだろう。ただ」

「ただ？」

エスト先生は何かを言おうとしていたのに、どうしてか、不自然に言葉が止まる。

それと同時に、私達に向けていた気さくな態度が彼女の表情から薄れ消え、険しいものへと移り変わった。

直後、ざり、と足音が立つ。

「おやおや。エスト先生ではありませんか」

どろりとした粘着性のある声だった。

不快感を催《もよお》すその声音を耳にして、思わず眉根を寄せかけるも、それを堪えて声のした方向――肩越しに振り返る。

そこには、小太りの男がいた。

歳は初老に差し掛かろうといったところだろうか。

顔に貼り付けられた苛立ちの感情をこれ以上なく煽《あお》るニタニタとした笑み。

ソレは前世、腹の中で謀略を張り巡らせる貴族達が浮かべていたものによく似ている気がした。

「……ハーシム殿」

ハーシム。

エスト先生が口にしたその名前を聞き、己の記憶を掘り返す。

ハーシムという名の貴族はいったい、誰だろうか。そう思って必死に思い出そうと試みるが、貴族との縁を断ちたい。

出来る限り遠ざけようと考えていた私に、その知識がある訳もなくて。

「……ハーシム・セガルド。セガルド公爵家現当主の、弟にあたる人物だな」

ハーシムっていったい誰だよ。

と、考えることを諦《あきら》めかけていた私に、側にいたベルが小声で教えてくれる。

公爵家当主の弟か。

ともなれば、貴族の中でも上位に位置する人間であることは確か。

道理で前世で見ていた貴族と重なる訳だ。

「当主、じゃないんだね」

「流石に当主が学院の教員をやっていたらびっくりだろ」

「それもそっか」

どうして彼は学院にいるのだろうか、と思ったけど、なるほど。彼は学院の教員なのか。

「跡目争いで負けた腹いせか、セガルド公爵家の権力を笠に着て好き勝手している。という噂はチラホラと聞いてはいたが……」

露骨にエスト先生が表情を歪めていたからだろうか。矯《た》めつ眇《すが》めつ、値踏みする視線で以てベルはハーシムさんを検分するように注視する。

やがて、その視線に気付いてか。

「それに、殿下もいらっしゃったとは。ご無沙汰しております」

ハーシムさんの言葉の向かう先は、エスト先生からベルへと移った。

「しかし、やはり私の言った通りでありましたな。あのような忌子《いみこ》がいては、遠くない未来に必ず何か不吉なことが起こると散々忠告していたというのに」

それを無視したあなた方の責ですよ、これは。

言葉は無かったものの、意味深に時折エスト先生に向けられる責めるような視線が、ありありとそう物語っていた。

「……忌子?」

ハーシムさんの言葉に、不可解な言葉が混ざっていた。忌子とはどういうことなのだろうか。

そう思って疑問符をつける私に、視線が向く。ただ、ベルと違って私の正体に心当たりはなかったのか。名前についての言及はなく。

「ええ、そうですとも。忌子ですよ、忌子」

私の疑問の言葉をこれ幸いとして、ハーシムさんは気を良くしたように言葉を捲《ま》くし立てる。

「──〝異能者〟、という言葉をあなた方はご存知で?」

それは、私の前世の頃から存在する特異な能力を持った人間の通称であり、〝蔑称〟であった。

魔法のようであって、魔法ですらない原理不明の異能力。

ごく稀に、生まれつきそんな力を持つ人間が存在する。それを人は、〝異能者〟と呼んだ。

あえてこのタイミングで〝異能者〟の話を意味もなくする訳がない。

だとすれば、恐らくこのタイミングで説明した訳というものは、

「……〝異能者〟がいるんですか」

ダンジョンで試験を受けている人間の中に、〝異能者〟が紛れ込んでいるからなのだろう。

「表向きは、普通の学生として受け入れてはいますがね。訳有りの生徒を学長の方

針で受け入れていたのですよ」

やれやれと、身振り手振りを交えて大袈裟にハーシムさんは反応を見せる。

〝異能者〟と呼ばれてはいても私達と同じ人間だ。少し変わってはいるが、それだけ。だが、ある一定の人間は、そんな彼らを忌子と呼ぶ。

事実、目の前のハーシムさんは、この現状をなるべくしてなったと断じていた。

「まぁもっとも、こうなってしまったとあれば、その方針は改めざるを得ないでしょうが。だから私はあれほど言っていたというのに」

そしてまた、言葉が繰り返される。

まるでそれは、執拗にその部分を強調するように。

私とは関係のない人間のことだと分かっている。だけど、不幸に見舞われた人間に対してそれが当然であると嘲《あざけ》るその態度には嫌悪感を覚えずにはいられなかった。

「……あたしは構わないが、不足の事態に見舞われている最中に、副学長がこんなところで呑気に世間話をしていては拙《まず》いのでは？」

「おっと。そうでした。私はこれから学長に今回の件について、どう責任を取るのかを尋ねなければなりませんでした」

失敬、失敬、とエスト先生の言葉を聞いたハーシムさんは、私達の下を後にしてゆく。

恐らくはエスト先生に、ただ嫌がらせをしたいがために用もないのにこうして話しかけて来たのだろう。

救いようがないほどに性根が腐っているというか、なんというか。

まだ会って数分程度だけれど、ハーシムさんのことは好きになれそうもなかった。

「とんだ碌《ろく》でなしだろう」

ある程度、ハーシムさんが離れたことを確認してから、エスト先生が言う。

「……ティリア・ミネルバ。ここではティリアとだけ名乗らせているが、この魔法学院では〝異能者〟であれ、誰であろうと広く門戸を開いている」

呟くような声音で、人名が紡がれる。

誰だろうか。

そう疑問に思ったのは一瞬だけ。

貴族の事情、情報から意図的に遠ざかっていた私でさえも、それは知っている姓名であった。

「ミネルバ、って」

「〝体調不良娘〟が思っているそのミネルバで間違いない。一度は聞いたことがあるんじゃないか？　隣国のミネルバ王国に、〝異能者〟の王女がいるという噂を」

その噂は、確かに聞いたことがあった。

「……なるほど、それであのハーシムさんの態度だったんですね」

自国の王子、王女というのであれば、まだ理解をしてくれていたやもしれない。

だが、わざわざ他国にある厄介ごとを引き受ける必要はない。

ハーシムさんはそう考えているのだろう。

そもそも、私の記憶が確かであれば、その王女は確か――廃棄王女。

そんな言葉で揶揄され、居ないものとして扱われていたはずだ。

五年前、私が初めて顔を合わせたベルのように。

「一言で言ってしまえば、厄介ごとを持ち込むな、だろうな。跡目争いで負けたハーシムにとっては、この魔法学院があいつの城のようなものであるからな」

面倒ごとになり得る種は出来る限り、排除したいと考えるのも分からなくもない
とエスト先生が告げる。

「だが、〝異能者〟だろうが誰だろうが、広く門戸を開き受け入れる。それがここ王立魔法学院の方針だ。だから、ハーシムのそんな戯言《ざれごと》を今も未来も聞き入れる訳にはいかない」

故に、ティリア・ミネルバを受け入れた。

そこに後悔の念が入り込む余地などなく、それが正しいと信じて疑っていないと言葉はなくとも真っ直ぐな瞳がそう言っていた。

「……素敵な方針ですね」

卒業までの三年間、どうやって乗り切ってやろうかとしか考えてなかったから、方針だとか、学院の中身に当たる部分について全く把握していなかった。

「そういえば、魔法学院の学長といえば」

「俺の叔父だな」

臣籍降下をしてしまっているため、公爵閣下扱いではあるが、ベルの言うように魔法学院の学長は彼の叔父にあたる人物であった。

「丁度、今から五年前だったか。当時既《すで》に、魔法学院の学長を務めていた叔父がそんな方針に変えたんだ」

懐かしむように、ベルが言う。

顔を綻《ほころ》ばせながら語るベルは、どこか仕方がなさそうな様子を醸《かも》し出していた。

けれど、私にはそれが、嬉しいと思っているからこそ来る反応であるとすぐに分かった。

「そんな学長の方針にケチをつけるハーシムにでかい顔をされないためにも、あたし達教員がまずは目の前の問題を解決しなきゃいけない。生徒さえ無事なら、どうとでもなるからな」

そこでこの難題に戻ってくる。

「ただ正直なところ、三十四階層に向かう向かわない以前の問題でもある。だが、だからといって黙って時が過ぎるのを待つ訳にもいかないし、何より、手がない訳ではない」

「……そうなんですか？」

八方塞がり。

そう思われたが、どうにも違うらしい。

「簡単な話だ。この壊れた〝ゲート〟を、あたしが無理矢理こじ開ければいい」

一瞬、エスト先生が何を言ってるのかが分からなかった。たぶん、脳が理解を拒否したんだと思う。そのくらい、訳分からない回答だった。

「けれどその場合、深刻な問題も出てくる」

「問題、ですか」

「あたしが道をこじ開けておかなきゃいけないから、あたし自身は助けに向かえない」

だから、さっき手の空いてる生徒に腕の立つ教員を呼びにいかせてはみたが、誰一人として見つけられてないのか。

戻ってくる様子はないな、と渋面を見せる。

やけに落ち着いていると思ったが、待っている状況だったからこそ、慌てても仕方がないと割り切ってしまっていたのかと理解した。

「しかも、向かう先は三十四階層。階層が深層なだけに、助けに向かえる教員も限られる。しかも、まだ他の階層で試験が行われている可能性も十分ある。腕の立つ教員がそっちに手を取られていたら……まぁ、どうしようもなくなるな」

だから実質、限りなく八方塞がりだった。

「……〝帰還石〟があるからと甘く考えていたのが仇《あだ》となったな」

伏し目がちに吐き捨てる。

「なら――」

「だったら、俺が三十四階層に向かって助けて来る」

時は一刻を争う。

それは、私達に助けを求めてきたあの二年生の様子からして明らかだ。

だから、私達も教員を探して来る。

そう言おうとした私の言葉は、ベルによって遮《さえぎ》られることとなった。

「だめだ」

当然の反応をエスト先生がする。

私もそれには同意見だった。

「そ、そうだよ、ベル。ここは他の先生を待つべきだと思う」

危険極まりない。

だから、思わず正気を疑ってしまうような発言をしたベルに考え直すようにと促す。

「だめって、じゃあ待てってか？　来るかも分からない。いるかも分からない教員を？　だったら、一人であっても俺を向かわせた方がいいに決まってる。俺の魔法の腕は、魔法学院の教員であるなら知っていると思うが？」

自信ありげにベルは言う。

そしてそれは、嘘偽りのないものであったのか。言葉を探しあぐねるエスト先生は、言い詰まっていた。

「……それでもだめだ。生徒一人を危険に晒す訳にはいかない」

せめて一人、いや、二人。

三十四階層に向かう教員に同行するという話であれば、エスト先生も許可をしてくれたやもしれない。しかし、単独ともなると何があろうと許可はしないだろう。

「それに言いたくはないが、もっと自分の立場を弁《わきま》えるべきだ」

何より、ベルは王子殿下という立場。

無茶をしていい立場でないことは明白だ。

学院という学舎であるからこそ、一生徒として扱おうとしていたエスト先生であったが、無謀に思えるその行為は到底認められるものではない。

言葉を突きつけるように、あえてそれを口にした。

「分かってるからこそ、助けに向かうべきだと思った」

「……分かっているからこそ、だと？」

「エスト先生も知っているだろうが、俺は元々、〝異能者〟と呼ばれている者達と似たり寄ったりの立場にあった」

つまりは、腫れ物扱いをされていたと。

ベルは何を思ってか、過去を持ち出す。

「だが、俺は一人のお人好しに救われた。『誰かのためになることがしたい』などと言い続けるお人好しに」

　恥ずかしげもなくベルは語る。

「当初はもっと、自分本位な理由だった。でも、今、俺が魔法を学び続けていた理由は、そいつのようになりたかったから。ただそれだけなんだ。だからこそ、助けに向かえる俺は助けに向かうべきだと思った。こういう時に、手を差し伸べられるように俺は魔法を学んでいたから」

　でも。だけど。

　ベルのその行動を止めるために、反論の言葉をどうにか探そうと試みる。

　けれど、都合よく浮かんではくれなかった。

　それどころか、その言葉を耳にして己の中の何かが揺さぶられるような、奇妙な感覚に陥った。

　――誰かのためになることがしたい。

　重ねに重ねた前世での慚愧《ざんき》の念を、どうにか贖《あがな》うため。贖罪として選んだ道がそれだった。

　そして、治癒師になることが正しい判断であると決めつけて、治癒師になるためにも、慎ましく生きようと思った。

それが間違ってるとはこれっぽっちも思わない。それもまた、正しい道であると思う。

ただ、自分に言い聞かせてなお、どうしようもなくベルの先の言葉が私には眩《まぶ》しく思えた。

理由は……分かってる。

ベルの無謀にも思えるその言葉は、本来、私が言うべき言葉であったから。

「……だとしても、殿下には〝治癒魔法〟の適性が無かったと記憶しているが？　助けるべき人間が重傷を負っていて動けなかったら？　殿下はそこで助けを待つのか？」

魔法には、それぞれ適性と呼ばれるものがある。誰しもが全ての魔法を使える訳でなく、適性に恵まれた魔法のみ、行使することが出来る。

五年前に魔法をどうにか教えた人間だから私は知ってるけれど、ベルには治癒魔法の適性がなかった。

不測の事態に見舞われ、助けに向かう。

その場合、まず間違いなく必要となってくるのは治癒魔法を使える人間の存在。

けれど、それらを理解していてなお、私はそれでも「私も」と声をあげようとは思わなかった。

『誰かのためになることがしたい』

なんて高尚な理念を掲げていたが、結局私の根幹とは、『贖罪』よりも前世のようになりたくないという想いの方が強かったのだ。

だから、執拗に貴族と無縁に近づける道を望み続けた。ベルとの間に紡がれた親交に背を向けようとすらした。

掲げていた『贖罪』とは、とどのつまり、己の逃げを正当化するための都合の良い理由でもあったのだ。

それのなんと――浅ましいことか。

心の奥底では分かっていた事実を、こうして今、ベルとエスト先生のやり取りを聞いて否応なしに自覚させられる。

現に、今もこうしてベルのように助けに向かわなきゃという気持ちが芽生えることなく、そうすればこれまで積み上げてきたものが。また、前世と似たような道を歩むことになるかもしれない。だから、だから――と言い訳だけ繰り返している。

遠い遠い時間の果て――前世の記憶。

暗く、寂しい場所で一人朽ち果てた前の生。

悔恨や絶望があったその道程に、私はきっと怯《おび》えていたのだろう。

今さらすぎる自覚だったけど、それは胸にすとんと落ちた。

「……なら」

ベルを説得すればいい。

エスト先生と一緒になって、説得すればいい。それが最善だ。私のためにも、ベルのためにも、目の前のエスト先生のためにも選ぶべき選択肢。そう頭で分かっているはずなのに、

「私もベルに同行すれば、それで問題はなくなりますか」

我ながら、馬鹿なことを口走ったと思う。

事実、エスト先生は私までもベルの意見に同調すると思っていなかったのか。目を大きく見開いていた。

「……正気か？」

「少なくとも、先ほどのエスト先生の言葉通りなら、治癒魔法が使える私が同行するなら問題はないってこと、ですよね」

こういったことは、教員に任せればいい。

こんな時のために彼ら彼女らはいるのだから。

それを分かっているにもかかわらず、私はこんなにも馬鹿なことを言ってしまっている。

敢行《かんこう》してしまえば、幼き頃より考えていた治癒師として生きることも叶わなくなるかもしれない。平凡を望めたかもしれない生が、ここで終わりを迎えてしまうかもしれない。

だけど、それでも。

我が身可愛さに、助けられるかもしれない命を見捨てたとあれば、それこそもう贖罪どころの話ではない気がした。

ひたすらに周りに迷惑を掛け続けてしまった前世の行為を贖《あがな》えるとすれば、それは誰かのために何かをすること。でもそれは、安全な場所から誰かを助け続けることとは違うように思えた。

「一応ではありますが、ダンジョンの知識もそれなりに持ってます。それに、〝帰還石〟を届けるだけであれば、教員の方を待たずとも十分可能では？」

万が一を考えれば、それはもちろん、腕の立つ魔法師が向かうべきだとは思う。

ただ、〝帰還石〟は使用者がある一定の魔力を流し込めば効果を発揮する鉱石。

最低限、届ける人間と〝帰還石〟を使えないほどに傷を負った重傷者を癒せる治癒師さえいればこと足りる。

「……確かにそうかもしれないが、それでも、殿下はともかくお前は」

「技量を心配してるなら問題はない。あまり吹聴を好まない人間だから、必要でなければ言う気はなかったが、そもそも俺に魔法を教えたのは先代の魔法師長でもなく、ここにいるシルフィーだ」

取り繕っている訳でもなく、ただただ真実を真実として淡々と語るベルの姿が余計に真実味を煽《あお》ったのか。

事実として捉えたエスト先生は、衝撃を受けているようであった。

そして、私達はエスト先生からの返事を待った。同時、周囲から聞こえていた雑然とした喧騒が止み、沁み渡るほどの静謐《せいひつ》が場に降りる。

数秒固まった後、エスト先生は下唇をガリ、と軽く噛み締めて口を開いた。

「……、っ、ラーク!!」

「ハイハイ」

やけくそとした口調だった。

乱暴にエスト先生は叫ぶ。

気丈にも見える態度を貫いていたエスト先生であったが、その実、焦燥感に駆られていたのだろう。

ほどなく、エスト先生の後ろで待機していた軽佻浮薄《けいちょうふはく》といった印象を受ける青年が言葉に応えた。

「……どう思う」

「教員が来るまでの繋ぎをこの三人で、ってことですよねえ」

赤に染まった長髪を首の後ろで一纏《まと》めにし三つ編みに結ったラークと呼ばれた青年の格好は、生徒のものだ。

だから、エスト先生が一生徒に意見を求めているその光景に、少し違和感を覚えた。

「ラーク、ということは、ラーク・アルドノフか」

「お。殿下に名を覚えて貰えてるとは、僕の名も随分《ずいぶん》と売れたもんだ」

「ハカゼがことあるごとに、ラーク・アルドノフは天才だと言っていたからな。顔を合わせるのはこれが初めてだが、名前は知っていた」

城務めの魔法師。

それも、その頂点に位置する魔法師長が天才と呼ぶほどの人物が目の前のラークさんであるらしい。

「それで、その天才は何をしてるんだ」

責めるような眼差しをベルが向ける。

鋭さを増す眼光を前に、しかしラークさんは尻ごみするどころか、怯《ひる》む様子もなく飄々《ひょうひょう》と言葉を続けた。

「止められてたんだよ。助けに向かおうとしたら、流石に一人では行かせられないってね」

なるほど。

ならば先ほどのどう思う、とは同行者としてどう思う？　という問い掛けだったのだろう。

「だけど、この三人なら悪くない気がする。そっちの子も、中々に面白そうだし」

ラークさんの視線が私へ向く。

「でも良かったの？　こんなことに首を突っ込んで」

「それは、どういうことですか……？」

「僕の予想でしかないけど、君はなんというか、目立ちたくない人間のように見えたから」

そう思った理由は、当初のエスト先生に同調していた言葉故《ゆえ》なのか。

それとも、自覚すらある私の地味さを求めた格好故か。

はたまた、それ以外の判断材料があったのか。

よくは分からないけど、向けてくる瞳に灯された光は、不思議と私の胸の奥底まで見透かしているのではという錯覚すら抱かせた。

私の自己解釈でしかないけど、言葉はなくとも、引き返すなら今だよとラークさんは私に言いたかったのかもしれない。

「……。そう、ですね。ラークさんの言う通りだと思います」

今もなお、それは変わらない。

隠しても仕方がないし、バレてるような気もするから白状してしまう。

前世の記憶をひたすら引き摺《ず》り続けている私にとって、目立つということはタブーに過ぎる。

ひそかに、慎ましく、治癒師としてゆっくり過去の過ちを私なりに償っていければと考えていたから。

「ただ……」

今はそれが、少しだけ間違っていた気がする。

二度目の生だ。

私に限らず、きっと誰しもが一度目の生でしてしまった失敗を避けようと試みるだろう。

その思考が間違っているとは思わない。

「……ただそれでも、それを貫いちゃうと、五年前にベルの前で語ったあの言葉に背を向けているように感じてしまって」

今さらでしかないような気もするけれど。

でも、だからこそ――。

「何より、『誰かのためになることがしたい』という言葉は、元々は私の言葉でしたから。本来であれば、ベルより先に私が言わなきゃいけなかった言葉でした」

直向《ひたむ》きな感情を湛《たた》えた瞳でラークさんを見つめ返す。

「出来る限り目立ちたくないという考えを覆《くつがえ》す気はありませんが、優先順位を履き違えるつもりは毛頭ありませんよ」

取捨選択を迫られれば、その考えを捨てると遠回しに告げる。

きっと、ラークさんがあえて私に問い掛けた理由は、気にしていたのは、その部分だろうから。

私の自己解釈は間違っていなかったのか。

ほどなくラークさんは「そっか」と含みのない笑みを向けてくれた。

「なら、僕からは特にこれといって問題はないよ。流石に、三十四階層に潜る際に面倒を抱えられてるのは気掛かりだったんだけど、どうにも僕の勘違いだったみたいだからね」

その言葉が取り繕《つくろ》ったものでない嘘偽りのないものと理解してか。

三人で向かうなら、許可をせざるを得ないだろう？　と視線で訴え掛けるラークさんを前に、エスト先生は呻《うめ》く。

しかしそれも刹那、観念したエスト先生は藍色に染まった己の髪を掻きあげ掻きまぜる。

溜息を一度挟んだ後、口を開いた。

「……やむを得まい、分かった。だが、危険であると分かった瞬間に〝帰還石〟を使うと約束しろ」

「もちろんですとも」

ね？　と、賛同しろとばかりに反応を求めてくるラークさんに私とベルが頷《うなず》く。

直後、エスト先生の懐《ふところ》に仕舞われていた何かをそれぞれ二つずつ投げ渡される。

それは青白く光り輝く鉱石――〝帰還石〟だった。

「時間がないからソレの使い方の説明は省略する。ダンジョンの中でラークに聞け」

瓦礫まみれの〝ゲート〟であった場所に、エスト先生は手を添える。

「重ねて言うが、無茶だけはしてくれるなよ」

やがて、手を添えた場所を中心として、楕円形の人一人どうにか入れるであろう小さな歪みが生まれた。

ぐにゃりと歪む異空間。

不安を煽《あお》る深い黒色と紫色が入り混じるその色合いは、私の記憶に存在する〝ゲート〟とよく似ていた。

「空間魔法」

その光景を前にして、ベルが呟いた。

無理矢理にこじ開けるとは言っていたが、なるほど。

空間魔法を用いて強引にこじ開けるつもりだったのか。

「使い手が特に限られる空間魔法の使い手か。あの二年生が、誰よりも先にエスト先生の名を挙げた理由がよく分かる」

「……勤勉だな」

「魔法を学ぶことは楽しかったからな。それに、図書館に何年も篭っていたから、魔法についての知識は人一倍あるんだ」

謙遜することなく、誇るようにベルは答える。

「それで、俺達はこの中に入ればいいのか」

「……ああ、そうだ」

首肯を一つ。

しかし、勇ましく今にもその歪みへ向かおうとしたベルを止めるように、エスト先生は行手を阻まんと手を伸ばす。

「一応、三十四階層に道を強引に繋げておきはしたが、この入り口がどこに続いてるかはあたしも知らん」

「あれ。そんなこと出来るんですか？　〝転移石〟みたいな重たい鉱石を使わなきゃダンジョンの階層移動は出来なかったような」

「……〝体調不良娘〟。お前はいつの話をしてるんだ。それしか手段がなかったのは百年近く前の話だろうが」

滅茶苦茶呆れられた。

そうだった。私の場合、所々の知識が百年前で止まってしまっているんだった。

流石に、百年前から転生してきた人間とはバレてないっぽいけど、これは下手に話に交ざらない方が賢明かもしれない。

「まぁ、だからだ。ここを潜《くぐ》るのはラークが先だ。こいつを生贄《いけにえ》に使う」

「生贄て」

「これでも、天才などと持て囃《はや》されている人間だからな。潜った先が魔物だらけだったとしても、その身を賭《と》して駆除してくれることだろう」

生贄呼ばわりされたことで、責めるような眼差しを向けていたラークさんだったが、そんなことはお構いなしにエスト先生は言葉を捲し立てる。

「色々と言いたいことはあるけど、そういうわけで、ここは僕が先に行こう」

それだけを言い残し、ひょいと歪みに足を踏み入れ——吸い込まれるようにラークさんの姿が呑まれ消えた。

そして、私とベルもラークさんに続こうとして。

「関係のないことではあるが、ひとつ聞いてもいいだろうか」

だが、待ったをかけるようにエスト先生が声を上げたことによって、私達の足が止まる。

「どうして殿下は、魔法学院に入学をした？」

本当に、なんということはない。

全く関係のない話だった。

「王族には、学院に入学する義務はない。殿下は、貴族との交流も最小限にしていたはずだ。その理由も、よく分かる。だが、なのに何故《なぜ》、貴族同士の交流の場とも言える魔法学院に入学をした？」

羅列される言葉。

それらを咀嚼《そしゃく》し、嚙み砕いてみれば、エスト先生の言い分が確かにと納得出来る部分ばかりであった。

ベルの境遇を考えれば、他の人間が信用出来にくいことは容易に想像が出来る。なにせ、一時期は腫れ物扱いされていたのだ。私がベルの立場であっても、たぶん軽い人間不信くらいにはなっているだろうし、相手が腹の中では何を考えているか分からない貴族であれば、それはなおさらだ。

「簡単な話だな」

歯を見せて笑う。

清々しいくらいのいい笑顔だった。

「俺は、シルフィーがいるから魔法学院《ここ》へ入学した。理由なんて、それ以外にあるものか。また一緒に、魔法を学びたかった。側にいたかった。今度は俺が、助けになりたかった。シルフィーが俺の夢を叶えてくれようとしたように、俺もまた、シルフィーの夢を叶えてやりたかった」

恥ずかしげもなく、ベルは語る。

とどのつまり、ベルが入学をしたのは――私のせい？

え、待って。私、そんなの聞いてない。

「そして今、助けようとしている理由はきっと、〝異能者〟の話を聞いてしまったから、なのかもな。俺自身がかつて、そんな立場だったから。そして、救われたからだ。だから、今度は俺が。そんな気持ちがあったからなのかもな」

†

――音が鳴る。

それは水滴が滴り、水溜りと合わさる音。

幾重にもなって反響しているのだろう。

その音は遠い。

ダンジョン三十四階層。

そこは、四方が海食洞《かいしょくどう》のような鋭い岩肌に囲まれた場所だった。

光源は殆《ほとん》どなく、薄暗い。

視線の先には、見通せぬ闇の洞が広がっているのが確認出来るくらいだろうか。

幸い、エスト先生の問いにベルが一方的に答えた後、ダンジョンへと足を踏み入れた私達は未《いま》だ魔物に出会うことはなかった。

「あのさ」

平坦な調子でラークさんが声を出す。

何気ない様子だったから、世間話か何かであると内心で勝手に捉え、しかし次の瞬間、私は硬直する羽目になった。

「なんで君は、そんなによそよそしい感じになってんの？」

数分前まで、それこそお互いの肩でも触れそうな距離間で普通に話してたのに。

肩越しに振り返って此方《こちら》を見つめてくる琥珀色《こはくいろ》の瞳が、呆れの色を湛《たた》えて私に問いを投げ掛けてくる。

私とラークさんについてじゃない。

私とベルについての質問だった。

「……そ、そうですかね」

嘯《うそぶ》いてみる。

そう問われることに覚えはあった。

でも、白状してしまうことが気まずかった。そもそも、まだ私の中でも整理がついてない。

だから、有耶無耶《うやむや》にしてしまおうととぼける他なかった。

だって、ベルがあんなことを考えていたなんて知らなかったし、予想だにしていなかったんだから。そもそも——。

「まぁ、エスト先生がなんか余計なことを言ったのが原因なんだろうけどもさ」

自分を落ち着かせるべく。

ラークさんを納得させられるだけの理由を用意すべく、頭の中で必死に言い訳の言葉を組み立てる私だったけど、明確な答えを必要とはしていなかったのか。

——あの人、余計なことをずかずかと踏み込んで遠慮なしに聞いてくるような人だしね。

と言ってラークさんは私から視線を外して前へと向き直った。

「でも、この組み合わせは僕としても意外だったなあ」

「組み合わせ？」

「そ。貴族があまり好きじゃない殿下と、これまた貴族嫌いのご令嬢にそんな接点があったとはね」

話にこそ交ざってはこなかったが、彼は私達の会話を終始聞いていた人間だ。大まかに話した私達の関係も知っている。

ただ、聞きなれない言葉が一つそこには混じっていて、思わず眉根が寄った。

「……貴族嫌いのご令嬢って、私のことですか」

他に当て嵌まりそうな人は誰もいない。

だから、それが己であると信じたくはなかったがそう捉える他なかった。

「もしかして、間違ってた？」

「……間違ってはいませんけど」

遠慮ない物言いに、私は肯定する。

否定をして根掘り葉掘り聞かれるより、さっさと観念して認めてしまった方が楽という合理的判断に基づいた返事だった。

「だよね。だって、君だけはパーティーに一度として参加してる様子なかったもん」

ラークさんもまた、貴族である。

だから、私が執拗に貴族との接点を絶とうと頑張る過程をそれとなく知っていても、なんらおかしなことではなかった。

「なのに、貴族の頂点にあたる王族である殿下とは幼馴染で、見る限り随分《ずいぶん》と慕われている。ほら、意外でしかないでしょ」

「ベルだけは、例外ですから」

人を納得させられるだけの理由は持ち合わせてない。

本当にただ、放っておけなかったのだ。

だから、関わった。

だから、手を差し伸べた。

ベルだけは、私にとっても例外的存在だった。

「でも、君まで付き合う必要はなかっただろうに」

ラークさんが登場した時点で、「なら」と身を引くことも出来たんじゃないのかと言われる。

「そう……ですね。確かに、ラークさんの言う通りだと思います。これまでの私を知る人達からすれば、この選択肢だけはあり得なかった」

私自身もそうだ。

だけど、ベルの言葉で色々と気付かされた手前、そうしないという選択肢はないように思えてしまったのだ。

何より、前世の自分が犯した過ちを繰り返さないためにも慎ましく生きることは当然として——私のこの生はかつてに対しての贖罪に使うとも決めていた。


『——ふざけるなよ』

それは、遠い遠い過去の記憶。

もう己を除いて誰一人として覚えてすらいない過去の光景。しかし、確かにそれは瞼《まぶた》の裏に強く濃く刻み込まれていた。

忘れもしない私の罪過。

百年ほど前、当時王太子であった者から私が向けられた地を這《は》うような赫怒《かくど》の言葉だった。

『俺は彼女を愛している。〝異能者〟だから、なんだ？　愚かな選択？　彼女を捨てて、お前を婚約者に据えろ？　馬鹿も休み休み言え』

よく覚えている。

彼は、真っ直ぐな人だった。

眩《まぶ》しくなるくらい、真っ直ぐな人だった。

彼の婚約者であった人物は、〝異能者〟だった。

今ほど差別はなかったが、それでも、異能者という括りにされていた。

そして、そんな彼女の相手は王太子。

もちろん、反対はあったと聞く。

でも、その反対をどうにか押し切るのではなく、時間を掛けて説得をし、ようやく国王陛下が折れ、二人が結ばれよう——そんな時に私が余計なことをした。

我ながら、最低最悪の悪女だと思う。

己の欲のために全てをぶち壊そうとして、散々なことをして、彼らの仲を引き裂こうとしたのだから。

『俺は、お前を許さない』

最後に聞いた彼の言葉は、確かそんな恨み言のようなものだった。

呪いあれ、と願うような言葉だった。

そう言われるだけのことを私はしたのだから、それは当然とも言える言葉だった。

弁明をする気はないし、今は彼らの在り方が心底素敵なものだったと思っている。

あの関係が、羨ましいとも思っている。

差別を持ち出していた己が心底愚かしいとも。

そこで不意に思った。

あぁ、そうか。

ようやく合点がいった。

私があの時、ベルを放っておけなかった理由というものはきっと――。

「ただまあ、なんというか。私ってその、差別とか好きじゃないんですよね」

「……差別？」

ラークさんはぽかん、と呆気に取られる。

それほどまでに、私の返答が予想外のものだった、ということなのだろう。

「だから、それもあってここにいると言いますか。一度はベルを止めておきながら、なに都合のいいこと言ってるんだって話ですけど、そういう理由もあって同行しようと思った。それが嘘偽りのない本音なんだと思います」

いけ好かないあの副学長――ハーシムさんのあの態度が気に食わなかったと言ってやる。

すると、ベルの口からも「確かにあれは不快だった」と私の発言に同調する言葉が聞こえてきた。

「ぷっ……くく、あはははは っ!!」

直後、私とベルのやり取りを聞いていたラークさんは何を思ってか。

身体をくの字に曲げ、震わせながらくつくつと吹き出していた。

「たったそれだけの理由で、三十四階層に来たのかい？　君らは。実はダンジョンにいる三年生に知り合いがいたとか、そういう事情かと思えば全く違う。正直、君らは大馬鹿だ」

もしかすれば命を失う可能性すらあるというのに、そんな理由で命を賭《と》すなど、とてもじゃないが正気の沙汰じゃない。

私達が愚かしいとラークさんは告げる。

しかし、言葉とは裏腹にその言葉はどこか嬉しそうな色を孕んでいた。

発せられた言葉と込められた感情のチグハグさに、私は戸惑いを覚えた。

「……でも、大馬鹿だが、そういう馬鹿は嫌いじゃない。むしろ、最高に好きな部類だね」

疑問はすぐに氷解することとなった。

「そんな二人がいる王城だ。魔法師として城仕えする来年が、今から楽しみで仕方がないよ」

魔法師長であるハカゼさんが絶賛し、魔法学院の教員であるエスト先生からもその実力は信頼されているように見えた。

恐らくは、魔法師として来年から城で働く内定のようなものが既にあるのやもしれない。

ただ、である。

「……あの、何を勘違いしてるのか存じませんが、私とベルは常に一緒にいる訳じゃありませんよ……？　そもそも私、魔法師になる予定とか一切ありませんし」

「……ん？　あれ、そうなの⁉」

私をベルの従者か何かと勘違いしていたのだろうか。

そもそも、私は魔法師になる予定もないので、お城とは殆《ほとん》ど無縁の生活しか待ち受けていない。

期待されるのは別に構わないけど、その期待には応える予定がなかった。

「いやてっきり、浮ついた話が一切なかったベルシュ殿下がそんなにも気に入ってるんだから、彼女は従者か、それか婚約者あたりと思ってたんだけど」

「こ、婚約者⁉」

だから必然、ベルに私が付属品のようについてくると思っていたとラークさんが言うものだから、私は思わず反射的に否定にかかる。

　王子殿下の婚約者という立場は確かに、前世では望んでいたが、もちろん今はそんなことを望んではいない。

　恐れ多いとひたすらに固辞するまでである。

「……確かに、それは悪くないかもしれないな」

「ベル⁉」

「でも、シルフィーの気持ちを無視して強行する気は一切ない。何より、俺はシルフィーの夢を応援している身だ」

　その夢を閉ざすような真似をする気はないと、私を揶揄《からか》うような冗談めいた笑みを浮かべてベルは言葉を締めくくった。

「夢？」

「私、治癒師になろうと思ってるんです」

「あぁ、そういうことか」

　その回答で、ラークさんは色々と納得してくれたようであった。

「でも、もったいないなあ。だって君、人に魔法を教えられる程度には堪能なんでしょ？　特に、あの殿下に魔法を教えた張本人ならなおさらに」

あの殿下と呼ばれているベルの今の技量は知らないけれど、嫌な言い方をすれば確かに魔法師を目指せるだけの才はあるのかもしれない。

「ハカゼ魔法師長が聞けば、その場で崩れ落ちるくらいの衝撃を受けそうだよね」

現実、あの短い時間の中でもハカゼさんはラークさんの予想通り惜しんでくれていたし、ショックも受けていた。

「だけど、それが夢なら仕方がない」

さほどの拘泥《こうでい》もなく、さらりと流してくれる。

「それに、今はその方が頼もしい。期待してるよ、未来の治癒師」

治癒魔法を扱える人間としてついてきた現状、治癒師志望は頼もしいことこの上ないからね。

そう告げるラークさんであったが、彼の歩む足が突如ぴた、と止まる。

周囲が薄暗いこともあってか、私たちにその存在を知らせるべく殊《こと》さらに響かせていた足音が、闇に呑まれるように消え失せる。

耳が痛いくらいの静寂が場に降りた。

「どうし――」

「何かがいる」

言葉を言い終わるより先に、返事がきた。

眼前に映り込む遠い黒色の光景からは、何も見えてこない。

ただ、意識して耳を澄ますと擦り鳴らされたような音が微かに聞こえて来る。

これは、大地を踏み締める音だろうか。

「魔物か……？　いや、これは」

脳裏を過ぎる可能性。

だが、ラークさんは早々に他の可能性も疑っていた。

間隔が刻々と短くなり、音は大きくなる。

次第に判然としてゆく音の正体。

ほどなく足音に交じって叫び散らされる悲鳴のような声によって、それが人であると判明した。

だが、

「――追われてるな」

「まあ、そうなるよねえ」

ここは魔物が棲《す》まうダンジョン三十四階層。

魔物に襲われるなど、ここでは茶飯事であり、至極当たり前の光景であった。

数は分からないが、目の前から迫ってくるソレは、相当数いることは確か。

複数どころではない足音と戦闘音によって、魔物に追われている状態であると分かるや否や、ラークさんがベルの呟きに同調した。

「そんじゃ、ま、助けますか」

家の庭でも散歩するように。

そのくらい軽く、気負った様子のない口調でラークさんが言う。

そして次の瞬間、ラークさんは目の前へ向かって何の躊躇《ためら》いもなく駆け出した。

――援護しなきゃ。

「【プロテクト】」

咄嗟に抱いた考えに従うように、言葉を紡ぎ、魔法を発動。

駆け出したラークさんの身体と、私とベルに八角形の薄い膜のようなものがキン、と音を立てて四方に張り巡らされた。

そのまま続けて、敏捷《びんしょう》さを上昇させる【イベーション】。

限定的に視界を明瞭化させる【ホークアイ】。

腰に差していた剣をラークさんが抜くと同時に、【魔法付与・炎《レーヴァテイン》】を付与し、魔力の消費を抑える【マナアブソ】。

【攻撃力強化《ディバイン》】と魔法をひたすらに重ねて付与してゆく。

記憶にある限りを、ひたすらに。

目の前の人達を救うために、全力で。

「…………。なる、ほど。殿下に魔法を教えた張本人ってのは、誇張でもなんでもないって訳だ」

聴力を魔法で強化したことにより、雑音に紛れて間隙を縫うようにラークさんの呟きまで拾えてしまう。

気を抜けばその場に崩れ落ちてしまいそうなほどの衝撃を受けているようであった。

「見たこともない魔法もいくつかあるね。これなんかは……何の変哲もない剣を〝魔剣〟に変える魔法ってとこか。いや、惜しいね。夢を邪魔する気はないとは言ったけど、これは流石に」

前言撤回したくなるような才能だ。

「もったいない」とハカゼさんに向けられた言葉と似たり寄ったりの言葉と共に、ラークさんは波濤《はとう》が如き勢いで押し寄せる魔物の大群に向かって一閃《いっせん》した。

†

時は遡《さかのぼ》り、シルフィー達がダンジョンへ足を踏み入れる少し前。

三十四階層へ試験のためにパーティーを組んでやって来ていた三年生四人と教員一名は、とある理由ゆえに散り散りとなることを余儀なくされ、魔物に追い回されていた。

枯れた喉で、黒に染まった短髪の男が言葉を叫び散らす。

「ふざ、けんな……ッ!!」

側には小柄の少女が一人。

彼らは二人で逃げ回っていた。

本来であれば、問題はなかった。

三十四階層ということもあり、準備は念入りに行われた。引率していた教員も、魔法学院で一、二を争うほどの腕の持ち主だった。

しかし、それらの準備があってなお、散り散りになって逃げなければならない理由があった。

「三十五階層の階層主が、どうして三十四階層に上がってきてんだ⁉　あり得ねえだろうッ⁉」

憤慨する。

彼らが「逃走」という選択肢を取った理由は至極単純。

——真面《まとも》に戦えば死者が出る。

教員が下したその考えに、誰もが納得をしたから。

万が一にも勝てない訳ではない。

十回戦えば、四、五回は勝てる。

その程度の勝算はあった。

しかしその場合、間違いなく死者が出る。

故に「戦闘」ではなく、「逃走」を選択し、もしもの際に待機していた二年生の何人かを介して外への助けを求めた。

一秒が何十秒にも引き延ばされていると感じる逼迫《ひっぱく》した状況下。

助けはまだなのかと叫び散らしたい気持ちを抑え込みながら、そもそもの元凶となった出来事を恨みがましく男子生徒は吐き捨てる。

ダンジョンには、それぞれ一層ごとに特色がある。足を踏み入れる者達はその特色に合わせて入念に準備を行い、攻略を行う。

それが当たり前の常識であった。

ダンジョンでは一層下がるごとに魔物の強さが大きく変化する。

だから、たかが一層と軽んじた者から足を掬《すく》われる。その事実は、魔法学院では耳にタコが出来るほど聞かされて来た事実であった。

「しかも、よりにもよって【死霊《アンデッド》】だし、よぉッ……!!」

走り続ける彼らを追うのは、【死霊《アンデッド》】と呼ばれる骸骨兵の大群。

鼓動する心臓も、思考する意思も、全てが摩滅し、失われた骸骨兵は術者の意思によって突き動かされるだけの人形である。

故に、致命傷を負ったとしても動き続ける。

【死霊《アンデッド》】とは、そういうものであるから。

本来、階層間を移動しないという常識が覆されただけに留まらず、三十五階層の階層主が【死霊《アンデッド》】を操る魔物であった。

これこそが、彼らが今、窮地に陥っている最たる理由。

「ったく、埒《らち》があかねえ!!　このままじゃ、オレらの体力が尽きちまうのが先だ!!」

ズザザ、と靴底と地面が擦過する音を盛大に響かせながら槍を担いでいた黒髪の男は向きを反転。

かれこれ、助けを求めてから数十分は経過している。

しかし助けがやって来る気配はない。

それもそのはず。

他の階層でも己らと同様に試験が行われている。動ける人間など限られている上、ここは三十四階層。

いくら教員とはいえ、向かえる人間は限られる。

つまり、最悪は助けが来るより先に力尽きるという可能性も無きにしも非ずということ。

「助けだって来るかも分からねえ!!　だったら――」

敵は三十四階層に上がって来ていた三十五階層主だけではない。

逃げれば逃げるだけ、元々三十四階層にいた魔物達さえも引き連れてしまう。

ジリ貧であることは火を見るよりも明らかだ。

故に、男の言い分にはある程度の筋が通っていた。しかし、彼の言葉が最後まで言い終わることはなかった。

「五月蠅《うるさ》い!!」

側で共に逃げていた少女が、苛立ちめいた様子で叫ぶ。

立ち止まったはずの黒髪の男は、その少女の仕業なのか。足下に浮かび上がった魔法陣から這《は》い出る鎖《くさり》のようなもので身体をぐるぐる巻きにされ、無理矢理に引き摺《ず》られることとなった。

「……誰も死なないで済むように戦わないって決めて、それにあんたも賛成したでしょうが」

「だけどよ」

「だけど、じゃない。戦うのは、本当に最終手段。そう決めたでしょ」

逃走することを選んだのは、学院からの助けを期待したが故のもの。

そんなことは少女も理解していた。

だから、その助けが来る可能性が薄いと分かった今、ひたすら逃走をする意味もあまりないかもしれないと薄々理解していた。

でも——それでも。

誰も死んで欲しくないからと、一番危険な役回りを請け負ったあの〝異能者〟とも呼ばれる〝ど〟が付くほどのお人好しの想いに、背を向ける訳にはいかなくて。

そんな時だった。

二人の前に、ソレは現れた。

視線の先に迫る赤い影。

剣を携えたソレは、人だった。

赤に染まった長髪を首の後ろで一纏《まと》めにし三つ編みに結った人物。

「ラーク⁉」

三年生の中で唯一、試験をするまでもないと試験を免除された正真正銘の「天才」。

名を、ラーク・アルドノフ。

恐らく、助けに来てくれたのだろう。

だが案の定、彼を除いて人影はない。

すぐに向かえる教員はおらず、彼が一人でやって来たのかもしれない。

「ラーク、こいつらは……‼」

一人であるならば——足りない。

【死霊《アンデッド》】を操るあの階層主を倒すにはまだ足りない。しかし、ラークほどの魔法師であれば、貴重な戦力だ。ここで無駄に体力を消費させるべきではない。

だから今、魔物の大群から逃げ回っている理由をどうにか説明しようと試みて、しかし直後、二人は息を飲むこととなった。

走り迫るラークを中心として、突如、魔法陣が展開された。

それは、二人が知る限りラークが普段使わない魔法――【プロテクト】。

そのまま続けて一つ、二つ、三つと魔法が重ね掛けされてゆく。

上限知らずにその数は膨れ上がり、挙句、見たこともないような魔法まで展開されたところで、後方に向かってラークが呟きをこぼす。

――他にも誰かがいる。

しかも、サポートの魔法に特化した人間。

即座に展開した魔法の数、その速度からして、かなり高位の魔法使いだろう。

「助けに来たよ、二人とも」

普段は風来坊な性格をしており、努力家というより、根っからの天才肌。

浮薄《ふはく》なセリフを口にすることも相まって、要らぬ怒りを買うこともある彼であるが、その中身はなんということはない。ただのお人好しである。

そして彼の魔法の腕は、この国に在籍する魔法師のトップであるハカゼからお墨付きを貰うほど。

あとは任せろと告げるように、手にする剣を一振り一閃。

三日月型の炎の斬撃を繰り出しながら言い放たれるその言葉ほど、頼もしいものもなかった。

「────〝サンダーランス〟────」

安堵に浸る間もなく、朗々《ろうろう》と響くその声はベルシュ・アルザークのもの。

「おいおいおい……？　いったいてめえ、どんな化け物を連れて来やがったよ……？」

男子生徒が、驚愕に目を見張りながら呟く。

そこには信じられないとばかりの畏怖と感嘆の感情が込められていた。

浮かび上がる金色の魔法陣。

しかしそれは、波紋する水のように一瞬にして眼前を埋め尽くすほどの量の魔法陣となって広がった。

これほどの技量は、それこそ魔法師長とも呼ばれるハカゼのような人間しかあり得ないものであった。

「……流石は殿下。王子じゃなければ、魔法師長の座を譲りたかったとハカゼさんに言わせるだけのことはあるね」

だが、どこか引き攣《つ》った声で呟かれたラークの言葉によって「違う」と否定される。

「殿下、って、貴方《あなた》っ……!!　ベルシュ王子殿下を連れて来たの……⁉」

「もう一人、治癒師志望の子を連れて来たつもりだったんだけど……いやはや、とんでもない子を連れて来ちゃったみたい」

あはは、と彼自身も予想外でしかなかったのか、渇いた笑い声を漏らす。

ということは、連れて来た人間の技量も知らずに三十四階層という深層に……⁉

「質問は後だよ。アレに巻き込まれたくなかったら、今は大人しく下がっておいて」

制服は襤褸《ぼろ》のように傷付き破れ、逃げ回る最中についたであろう傷もある。

体力だって擦り減らされていたのだろう。

反論することもなく彼らは二つ返事にその言葉に従い、ラークが来た道へと走る。

直後、怒濤の勢いで金色の魔法陣より撃ち放たれる無数の雷槍《らいそう》と、ラークによって繰り出される炎の斬撃が魔物達へ容赦なく殺到。

ダンジョンの地面や壁を抉《えぐ》りながらも、迫っていた魔物は一掃されることとなった。

第四章　サイラス・ヴォルドザード

響く轟音。揺れる大地。

ダメ押しと言わんばかりに未《いま》だ撃ち放たれる雷槍《らいそう》を前に、「見ない間にとんでもない才能開花させてるじゃん……」と、もはや自分なんて及ばない域にいるベルに向けて私は呆れの視線を送っておいた。

前々から才能あるよなあとは思っていたが、そりゃあ、ラークさんが殿下はともかくとか言うし、学院から城に戻るまでの護衛がいなかった訳だよと一人私は納得する。

「それで。三十四階層でいったい何があったのか、教えて貰えるかい」

「……その前にお礼を言わせて。ありがとう。お陰で助かったわ。ラークと……」

「ベルシュ・アルザークだ。呼び方はなんでもいい」

「シルフィー・リーレッドです」

別に隠す理由もなかったので、私は傷を負っていた彼らの治癒《ちゆ》を行いながら名乗る。

「私はアリア・ツヴァイス。こっちの男は、マルス・ロード。それで、なんだけど」

アリアと名乗った彼女は、何故《なぜ》か私に視線を向けながら言い辛そうに言葉を見つけあぐねていた。

……どうしたのだろうか。

「ラークに魔法を掛けていたのは、貴女《あなた》かしら？　というより、貴女よね？」

「まぁ、僕はあんな魔法を使えないし、殿下は殿下で他の魔法を使ってたもんね」

アリアさんがわざわざ言い直した理由が判明する。

要するに、消去法で私であると答えが導き出せてしまったからであるらしい。

ただ、あえて名指しで私が行使していた魔法について触れるということは、何かマズイことでもしてしまっていただろうか。

「お願いが、あるの」

言い辛そうに口にされるそれは、どうにか絞り出したような声音だった。

「待った、待った。それよりも、三十四階層で何があったのか。その事情の共有の方が先だ。些《いささ》か性急になり過ぎだろう」

「……それもそうね」

試験には引率の先生がいるはず。

しかし、私達の目の前にはアリアさんとマルスさんの二人だけ。

それに、恐らくは三十四階層に向かった三年生というのはアリアさん達二人だけでないのだろう。

やけに落ち着かない彼女の様子から、そのことは容易に察することが出来た。

「時間もないし、単刀直入に言うわ。三十四階層に、三十五階層の階層主が現れた」

「…………は？」

間抜けに一音。

アリアさんの発言に対して、ラークさんは素《す》っ頓狂《とんきょう》な声を漏らした。

「……冗談でもなんでもないわよ。事実、さっき私達を追い回していた魔物も、その大半は【死霊《アンデッド》】だったんだから」

アリアさんの言葉を聞いた私達は、一斉に魔物の大群がいたであろう場所へ視線を移す。

けれどそこには、舞い上がる砂煙と凄惨《せいさん》なまでに抉《えぐ》られ粉々になった地面。

魔物であった残骸がいくつか見受けられる程度。

跡形も無く蹴散らされていたせいで、【死霊《アンデッド》】だったと言われても納得出来るだけの判断材料が殆《ほとん》ど残っていなかった。

「……ま、まぁ、もう跡形も無く粉々になっちゃってるけども」

「にわかには信じがたい話ではある。でも、〝ゲート〟の件もあるし、何より、そうでもなければこんな状況には陥《おちい》ってない、か」

……そうだ。

〝ゲート〟の件も、まだよく分かってないままだ。

決して壊されるはずのない〝ゲート〟が壊れていたことも気になる。

だけど、普通じゃ考えられないことがダンジョンの中で起こっていたとすれば、それが〝ゲート〟が壊れたことに関係しているのではないか。

そう結びつけようとしたラークさんの考えもよく分かるところだった。

「〝ゲート〟の件ってなんだよ？」

「〝ゲート〟が壊れてるんだよ。それはもう粉々に。瓦礫まみれで助けに向かうことすら難しい状況だね。まぁ、エスト先生にどうにかして貰ったから僕らはこうして助けに来れた訳なんだけど」

「〝ゲート〟が、壊れた……？　嘘でしょ!?」

今度はアリアさん達が驚く番だった。

あり得ないだろうと、表情が全てを物語っていたが、それでも今、ラークさんが冗談を言うとは思えなかったのか。

反論らしい反論もないまま、独り言のような呟きを一、二回漏らした後、アリアさんはその言葉をどうにか受け入れていた。

「……道理で助けが来ない訳だわ」

人手が足りてないだとか、それ以前の問題であった。

「それで、他の二人と引率の先生は？」

「別行動よ。本当はみんなでの予定だったのに、ティリアが……いえ、これは言っても仕方がないわね」

ティリア、というとティリア・ミネルバのことだろう。

どうやら、〝異能者〟と呼ばれる人間の彼女もこの三十四階層にいるらしい。

「でしたら、早く助けに向かいましょう」

傷付いていたアリアさんとマルスさんの治癒を終えた私は、彼らの会話に交ざり込む。

至極真っ当なことを言っただけのつもりだったのに、何故《なぜ》かアリアさんとマルスさんの二人に驚かれた。

「……いいの？」

「いいも何も、私は皆さんを助けるために三十四階層に来たんですから」

「で、も、ティリアは――」

理解する。

どうしてアリアさん達が私の発言に驚いたのか。先ほど、私にお願いがあると言っていた理由、その二つが同時に腑《ふ》に落ちた。

「〝異能者〟だから、手を差し伸べないと思った、とかですか」

〝異能者〟に対しての差別は残念なことにありふれている。

あのいけ好かないハーシムさんの態度がいい例だ。彼だけではない。〝異能者〟を良く思っていない人間なぞ、何人もいる。

でも。

「でしたら、無用な心配ですね。私達は、それを知った上で来ましたから。私の場合、『だから』来た、と言ってもいいくらいですし」

「……だから来た？」

「ぁ、えと、まぁ、色々とありまして」

出来ればそこは触れないで欲しい。

ついつい口を衝いて出てしまった失言に、頬をぽりぽりと掻きながら遠回しにそう告げると、アリアさんは察してくれたのか。

「そう」と反応を残すだけでこれ以上の追及はなかった。

「でも、そういうことなら助かるわ。シルフィーさんにお願いしたかったこともそのことだったしね」

懸念が一つなくなってくれたと、アリアさんは安堵の表情を浮かべる。

「それで、三十五階層主がいるという話だったが、その正体はなんなんだ？」

「リッチだ、じゃない、です。しかも、ただのリッチじゃなく、恐らくはその上位種のエルダーリッチだと思う、じゃない、思います」

ベルの問い掛けに、たどたどしい丁寧語でマルスさんが返事する。

言葉遣いに慣れていないのか、度々言い直していた。

「今の俺は学生で、貴方は俺の先輩にあたる。別に無理に口調を矯正する必要はない。むしろ、ここで矯正すべきは俺の方だ」
「……助かる」
けれども、話し方を依然として変えない理由はベルが傲慢な性格であるというよ
り、ただの気遣いなんだと思った。
いくら学生の身とはいえ王子殿下。
そんなベルから敬語を使われでもしたら、誰であっても萎縮する。
だから、そう言いながらもベルは普段通りの口調を貫いているのだろう。
「ですけど、エルダーリッチですか。確かに、だとすれば下手に戦わずに逃げ回る
べき、って考えに落ち着いちゃいますね」
三十五階層の魔物なのだから、ある程度は強いに決まっている。
だけど、アリアさん達が戦って、勝てない相手かと言われれば決してそうは思え
ない。
だが、エルダーリッチがいるともなれば話は変わってくる。
「【死体使役《リビングデッド》】。リッチ特有のこの魔法がある限り、死体を作る行為は出来る限り避
けるべきだ。それこそ、倒すならさっきの殿下みたいに、死体も残らないくらい
粉々にしないといけない」

「ええ。だから、戦うわけにはいかなかった。いえ、そもそも戦えなかった」

見る限り、マルスさんは近接の戦士タイプ。

アリアさんは手にしている杖の存在から、恐らくは魔法師タイプであると予想。

だが、血色の悪い顔色から、彼女が有する魔力が枯渇していることが分かった。

アリアさんが満足に戦えない以上、戦闘に移行することは悪手としか言いようがなくなる。

「事情は分かった。けど、よりにもよって【死霊《アンデッド》】、か」

勘弁してくれと言わんばかりに溜息が吐き出された。

「〝帰還石〟が使えないな」

間髪をいれずにベルが問題点を指摘する。

基本的に〝帰還石〟は万能とも言える鉱石である。ただ、例外的に〝帰還石〟が使えない場合がいくつか存在している。

その内の一つに、瘴気《しょうき》が蔓延している階層では使用が出来ない、というものがあった。

瘴気とは、【死霊《アンデッド》】から発せられる黒い靄《もや》のことで、それがある場合は〝帰還石〟が本来の効果を発揮出来なくなってしまう。

「つまり、帰りたくば、エルダーリッチを倒す他ないってことか」

全員を助けるまで帰る気はなかったけれど、それでも、もしもの時の保険があるのとないのとでは色々と変わってくる。

「とりあえず、他の三人と合流することが先決ですね。でも」

「でも？」

三十四という深層だ。

少なからず怪我も負ってるだろうし、手遅れになる前に助けに向かいたい。

だけど——。

「……ただの偶然、にしては些《いささ》か出来過ぎてる気もしますね」

偶然、試験が行われる時に本来であれば壊れないはずの〝ゲート〟が壊れる事態に見舞われ。

偶然、その際に本来ではあり得ない下層の階層主が出現。

しかも、退路を断つように、その階層主は【死霊《アンデッド》】である。

さらには、助けに向かえる人員も試験で多くの教員が掛かりきりになっているため、向かうことは叶わず。

エスト先生も、ダンジョンを無理矢理にこじ開ける役目を負うしかないため、助けには向かえない。

誰かを確実に殺すために仕組まれたことと言われた方が、よっぽど納得が出来るほどの徹底ぶり。

それこそ、ハーシムさんが「忌子《いみこ》」と呼んだ〝異能者〟が不幸を呼び込んだ。

そんな、にわかには信じがたい呪いが実現したとかでない限り。

「頭に入れておくべきだろうな。なにせ、もしシルフィーのその言葉が正しかった場合、学院内に今回のことを仕組んだ下手人が存在することになる」

誰かが意図して、三十四階層に潜っていた人間の誰かを殺そうと画策した、と。

であるならば、背中から刃を突き刺される。

そんな事態が起こり得る可能性もゼロじゃない。

「…………それ、は」

「疑いたくない気持ちは分かるが、そうでもない限り、この事態に説明がつかない気がするがな」

一つや二つ、偶然が続くことは稀《まれ》にある。

だけど、それ以上となると基本的にはあり得ない。

それこそ、仕組まれでもしていない限り。

ベルの言葉に絶句するアリアさんとマルスさんだったが、否定出来る材料が見つからなかったのか。

彼らなりに心当たりでもあったのか。

反論らしい反論もないまま、口を真一文字に引き結んで視線を地面に落としてしまう。

「でも、とにもかくにも、助けないとですね。エスト先生にあれだけ言っておいて駄目でした、では格好もつきませんし」

あくまでこれは最悪の事態。

偶然の可能性だって一応、残されてはいる。

故《ゆえ》に今は、頭の片隅に入れておけば十分。

まずアリアさん達と離れてしまった三年生達と合流しなくてはいけない。

「……シルフィーさんってなんというか、ティリアと似てるわね」

「ティリアさんに、ですか？」

ティリア・ミネルバ。

血統は王族であり、〝異能者〟と呼ばれる存在である三年生。

私が知っている情報はそのくらい。

だから、少しだけ戸惑いを覚える。

「ええ。その、お人好しなところが特に」

どうやら、ティリアさんはお人好しな方であるらしい。

しかし、であるならばアリアさんは一つ大きな勘違いをしていることになる。

私の何を以てして「お人好し」と呼んだのかは分からないけれど、それは断じて違った。

会話はそこで終了する。

腰を下ろしていた面々も立ち上がり、ティリアさん達を探しに向かおうと試みる。

その際に生まれた物音。擦過音。

それらに紛れるように、私はポツリと呟《つぶや》いた。

「……私はそんな綺麗《きれい》な人間じゃありませんよ」

腹の中でとんでもない謀《たばか》りを巡らせている訳ではない。

けれど、行為自体は基本的に打算によるものだ。これらの行為は決して本来持ち得た善性によるものでなく、過去の行いに対しての贖罪《しょくざい》の意味が強い。というか、それしかない。

とどのつまりは、自己満足。

だから、そんな評価を本来受けるべき人間でも、その資格すらそもそもないような人間なのだと私は自嘲《じちょう》し、自虐した。

そして己を納得させようとして。

「――俺は、そうは思わないけどな」

私の耳朶《みみたぶ》を掠《かす》める声。

それは、ベルの声であった。

「少なくとも俺は、今も昔もシルフィーは底抜けのお人好しだと思ってる」

誰にも聞かれないように。

そう思って消え入りそうなくらい小さな声でボソリと呟いただけだったのに、ベルの耳には届いてしまっていたらしい。

「そうでもなければ、今ここにお前はいなかっただろうよ」

そして、羅列されてゆく言葉。

面倒ごとが嫌いなら、俺を突き放せば良かった。知らぬ存ぜぬを通せば良かった。

後々のことを考えれば、先のタイミングで全力を出す必要はなかった。

これから共に行動するにあたって、出来る限り手の内を晒しておいた方が都合が良いだろうからとする必要はどこにもなかった。

けれど、それら全てシルフィーはしようとすらしなかった。

そんな人間を、底抜けのお人好しと言わずに何と言い表せと？

そう、言葉が締め括られる。

「変なところで意地っ張りで。でも、不器用で。だけど、困ってる奴を見ると基本的には助けようとする。そんな奴だったから、俺は救われたし、俺もまた、お前のようになりたいとすら思った」

私はそんな立派な人間じゃないのに、ベルはそうであると信じて疑っていないようだった。

だから気恥ずかしくて、思わず目を背けたいという衝動に襲われた。

これじゃあ、褒め殺しだ。

本当の私は、これっぽっちも立派な人間じゃないのに。

「だけど、だからこそ不思議だった。どうして時折、シルフィーがそんな辛そうな顔を見せるのかが、どうしようもなく」

「…………」

ベルの言葉には身に覚えがあった。

というより、よくそんなにも私を観察していたなあと脱帽するレベルだった。

一応、自分の中では取り繕ってはいる。

でも、すっかり身に染み付いた自虐癖は宿痾《しゅくあ》と呼んでしまってもいいほどにどうしようもない。こればかりは、どうしようもなかった。

「なあ、シルフィー」

「やだなあ。たぶんそれ、気の所為《せい》だよ、気の所為。さぁーてと、ティリアさん達を助けるためにもうひと頑張りしなくちゃ」

真っ直ぐに私を見つめて来る真摯な眼差しと共にベルが何かを告げようとした最中、私は強引に言葉を遮ることで逃げた。

続いたであろう言葉が、ベルの性格からして力になるぞ。とか、それに準ずるものであると分かっていたから、逃げる他なかった。

王子殿下という立場であればなおさらに、私の心の裡《うち》を明かせるわけがなかったから。

「……さ、〝魔力探知《サーチ》〟」

エスト先生を探す際に使用した魔法を、今度はダンジョンの中でも行使する。

ベルはといえば、ここで言及する気はなかったのか。遮られた言葉の続きを口にすることはなかったが、それでも私の自業自得とはいえ向けられる視線は色々と居心地の悪いものであった。

――……でも、仕方がないじゃん。

心の中で、私は言い訳を一つ。

今ここで酔狂としか思われないだろう真実を口にし、全てを打ち明けられたらどんなに楽だったか。

――そうするしか、出来ないんだから。

綻《ほころ》びだらけだ。

脳内で描いていた呑気な計画図は、ものの見事に狂いまくり。

もし、運命を左右する神様という形而上の存在がいるのならば、きっと私は相当嫌われているのだろう。

そんなことを思いながら、私は色濃く浮かび上がった罪悪感に背を向けた。

唯一、銀の髪を持って生まれたことで「腫れ物」扱いを受けていた少年にお節介を焼いた己が、どれほど慕われて。どれほど好かれていて。どれほど、その存在が大きくなってしまっていたのか。

そのことについて私はまだ、気付いてすら――否、気付こうとすらしていなかった。

†

——ただ、一緒にいたかった。

それだけの願い。

でも、それが容易でないことは分かっていたことだった。

だから、俺はシルフィーと一緒の夢を抱こうと思った。

そうすれば、一緒にいられる気がしたから。

——助けに、なりたかった。

己を救ってくれた人間が、悩みを抱えていることは知っていた。

自分のことを褒められると、決まって申し訳なさそうな顔を浮かべる奴だったから。

だから、助けになりたかった。

そのことについての相談なんてちっともしてくれないし、いつか、ふとした拍子に消えてしまいそうなくらい、どこか儚《はかな》い奴だったからこそ特に。

——どうしようもなく、好きだった。

都合よく受け入れて貰えるとは思ってない。

でも……それでも、無理強いをする気はなくとも、だからと言って逃す気も諦《あきら》める気もさらさらなかった。


「……なあ、シルフィー」

先ほど遮られた言葉の続き。

相変わらずの摩訶不思議な魔法を用いて、人の気配をいち早く感じ取ったシルフィーは、ラークやアリアと呼ばれた三年生に居場所をどうにか説明していた。

その背を見つめながら、俺は呟く。

「俺に生きる理由をくれたのは、あんただ」

自由になりたい。

当時よりそう願ってはいたが、それは間違っても生きる理由ではなかった。

生きたいから自由になりたかった訳ではなく、己の存在が迷惑でしかないだろうからと出て行くことを望んでいただけ。

多くの貴族達から向けられていた邪魔者を見るような視線から逃げたかったから城を出たかった。

中身のない空っぽな存在だったそんな俺に、生きる理由をくれたのは他でもないシルフィーだ。

「……本当に、昔から何も変わらないよな。お前だけはさ」

こうして、無茶とも思える行動を敢行した理由。それは、五年前のあの時、俺という人間に手を差し伸べてくれたシルフィーの行為が真、間違っていなかったのだと証明をしたかったからでもあった。

言うなれば、シルフィーと同じ夢を抱こうと願った俺の自己満足。

シルフィーまでも付き合う必要はなかったのに、俺を心配するように一度止めて、でもそれが無理だと知って己もついて行くと言って今に至る。

お人好しなところも、心配性なところも、お節介なところも、何も変わらない。

王子殿下と正式に認知されるようになってから態度を変えた貴族とは大違いだ。

シルフィーだけは、昔から何も変わらない。

でもだからこそ、胸の奥が無性に掻き立てられた。

「あぁ、でも、少しくらいは変わっていて欲しかったな」

――全てを自分一人で抱え込んでしまうところとかは、特に。

「俺を頼ってくれればいいのに」

五年前から全く変わってないシルフィーの変な癖。理由は分からないけど、自嘲癖のようなものがあった。

だからこそ、余計に俺に頼ってくれればいいのにと改めて思った。

ただ――あと三年も時間が出来たんだ。

「まぁ、『いつか』頼ってくれればそれでいいか」

よく知るシルフィーの性格諸々を踏まえた上で今はまだ、ゆっくりでいいかと俺は結論を出し言葉を締め括った。

†

「…………」

心当たりがあり過ぎるけど、気になる。

ティリアさん達を探して急行する私達だったけど、何故《なぜ》か後ろを走るベルは私を終始、じとーっと見つめていた。

ただ、エスト先生の前で口走っていたベルの発言の件もあるし、下手に何か訊ねると藪蛇《やぶへび》になる気しかしない。

なので、私は気付いていないフリをすることにして、意識を他へと向けることにしていた。

「でも、色々妙なんですよね」

「というと？」

隣を走るアリアさんに訊ねる。

「いくら相手が【死体使役《リビングデッド》】の能力を持ったエルダーリッチとはいえ、二手に分ける理由が分からないんですよね」

色々と考えてはみた。

みた、のだけれど、その点だけがどうしても不可解であった。

「それこそ、あえてアリアさん達だけ逃すような理由でもない限り」

「私達を逃す……？」

【死霊《アンデッド》】に疲労のようなものはない。

だから、逃げ回ることで活路を見出すという手法は基本的に通用しないし、であるならばなおさら、五人という少人数であるなら固まっていた方がいいに決まっている。

「何か、伝言のようなものを預かっていたりしませんか」

「伝言っ、て言われても」

そんなものはない。

アリアさんがそう答えようとした直後、

「――あった。一つだけ、伝言じゃねえけどあったぜ。だが、そこに意味なんてもんはねえと思うがな」

マルスさんが声を上げる。

そして、ポケットの中に収められていた懐中時計のようなものを取り出した。

「ティリアの奴から、オレ達と別れる前にエスト先生に渡してくれってこっそり頼まれてたんだ。渡し損ねてたものだからって言ってただけなんだが……」

ただの届けもんだから、意味はねえと思うが一応。

マルスさんはそう言って私に懐中時計を見せてくれる。だけど直後、内側に小さく刻まれていた家紋のようなものを目にした私の口を衝《つ》いて言葉が出てきた。

「――ヴォルドザード侯爵家」

見知った家紋だった。

だから、すぐにそれは言葉として出てきた。

ティリアさんは隣国の王女という立場だった人間であると聞き及んでいる。

故《ゆえ》に、アルザーク王国の貴族の家紋が刻まれた懐中時計を持っている意味が分からなかった。

「……〝転移石〟の時といい、まぁた、中々に古い知識持ってるねぇ」

隣で、私の発言を耳にしたラークさんに若干呆れられてしまう。

「……これ、古いんですか？」

「それなりにね。ヴォルドザード侯爵家って、かれこれ五十年近く前に取潰しになった御家だからさ」

「ヴォルドザード侯爵家がですか……？」

にわかには信じられなかった。

零細貴族であればまだ分かる。

だけど、ヴォルドザード侯爵家といえば、由緒ある御家。しかも、侯爵家という上位に位置する御家だ。

だから、取潰しになったと言われてもすぐには信じることは出来なくて。

しかし、アリアさん達の反応も、ヴォルドザード侯爵家が取潰しになったことを知っているようであった。

……こんなことなら、貴族の知識のみを意図的に学ぼうとしない、なんてことをするんじゃなかった。

「ああ。確か取潰しになった理由は、非道な人体実験が行われていたから、とかなんとか学院の授業で習った気がするなあ」

「人体実験、ですか」

侯爵家だ。

ちょっとやそっとの不祥事では取潰しとまではならなかっただろう。

それこそ、今、ラークさんが言ったように人体実験のようなものでもしていない限り。

「だけど、五十年も前に取潰しになった御家の家紋が刻まれた物をどうしてエスト先生に……、ッ」

そこで、一つの仮説が生まれる。

同時、嫌な予感と共に背筋が粟立《あわだ》った。

これでも一応、百年前の人間でもあるから、色々と知識だけは豊富に持っている。

だから、すぐにその仮説に辿り着いた。

「……ぁ、の。今、ティリアさんと一緒にいる方はどなたですか」

頭のどこかでカチリ、と硬質な音が響いた。

それは欠けていたパズルのピースが嵌《は》まった音であり、今回の顚末を全て説明出来てしまうだけの理由が揃《そろ》ってしまった事実をこれ以上なく示していた。

「リオンと、サイラス先生だけどそれがどうかしたの？」

少し考えれば分かることだ。

だが、アリアさん達にはそもそもその可能性を避けて考えてしまっているために辿り着けない。

それが彼女らにとって「最悪」とも呼べる可能性であるから。

「リオンは違う。そいつは、王家とも縁のある公爵家の人間だ」

背後から聞こえてくるベルの声。

どうやら、ベルは私が考えていることを理解しているらしい。

「であれば、消去法でそのサイラス先生、になりますか」

「……それ、どういうことだよ？」

「……もし仮に、ティリアさんがマルスさんに渡していたその懐中時計の本来の持ち主がサイラス先生であった場合、この状況を作り出す動機がサイラス先生にはあるってことです」

もちろん、これらは私の想像でしかない。

違う可能性だって十二分に残されている。

だけど、そう考えてしまえば全てに納得がいってしまうのだ。

「とにかく、向かってみる他ないってことか」

ラークさんの言う通り、こればかりは実際に見てみる他なかった。

「ところでだけど、シルフィーさん。その眼鏡、外しちゃって良かったの？」

アリアさんから、エルダーリッチがいると聞くや否や、私は眼鏡を外してしまっていた。

【死体使役《リビングデッド》】は、目に見える骸骨兵だけでなく、レイスと呼ばれる霊体にも適用され操れてしまう。

だから、あえて視野を狭める理由はないため、眼鏡は一時的に取っている。

「それなら全然。だってこれ、伊達《だて》ですし」

「……あの、じゃあなんでつけてるの？」

心底私の気が知れないと言わんばかりの物言いだった。

遠回しに似合ってないとでも言いたいのだろうか。失礼な。

「シルフィーに欠点があるとすれば、それはその絶望的過ぎるファッションセンスだからな。ずっと前からダサいダサい言ってるのに、ちっとも変わりゃしない」

「う、うるさいな」

初めの頃は前世での失敗を活《い》かすためとかそんな理由のもと、あえて地味そうな格好を好んでいただけだったけど、住めば都とでも言うべきか。

今ではすっかり気に入ってしまっていた。

「素材はいいのに、肝心のファッションセンスはダサいの一言。魔法の才能もあるのに、本人は治癒師になる気しかないっていう始末。リーレッド卿が嘆きたくなるのもよく分かる」

ぼろくそだった。

ただ、完璧な答案を作るとすれば、侯爵家の人間でありながら社交性が皆無でパーティーにも全く参加しないところも、だろうか。

ああ、だめだ。

自分で言ってて虚しくなってきた。

「そのことについては今はいいんです……!!」

強引に会話を打ち切ってやる。

「……それより、呑気に会話をしてる場合じゃなくなりましたよ」

アリアさん達と合流し、幾分経過しただろうか。それなりに魔力反応があった場所に近づけたあたりで私はソレを自覚した。

周囲の空気が不自然に揺らめき、肌にひりつきを覚える筆舌に尽くし難い威圧感。常ならざる空気が漂い、場に満ち始めていた。本能的に忌避を覚えてしまうこれの正体を私は知っている。

「瘴気《しょうき》が濃くなってきてるなっ、て、おいオイ、マジかよ」

声音に、勘弁しろよとばかりに苦笑を滲ませてマルスさんが答えを口にした。

【死霊《アンデッド》】が放つ瘴気が濃くなっている。それ即ち、

「ようやくお出ましか」

高位の【死霊《アンデッド》】がすぐ近くに存在しているという事実に他ならない。

「エルダーとは聞いてたけど、流石《さすが》にこれは……デカ過ぎない？」

視界の先の暗がりから姿を晒す濡羽色《ぬればいろ》に染まる襤褸《ぼろ》と化した古びたローブに身を包む骸骨。

手には苔《こけ》むしたような色合いの杖が握られており、リッチと思しき魔物の全長は、三メートルは軽くありそうだ。

普通のリッチよりも明らかに巨大で、内包されている魔力量も桁違い。

苦虫を噛み潰したような表情に変貌してゆくアリアさんとマルスさんの様子から

も確定だろう。

恐らくこいつが、

「――エルダーリッチ」

出来ることなら、ティリアさん達と合流を果たしてから戦闘、という流れが好ましかったが、向けられる骨をも砕くような濃密過ぎる殺意からして、見逃してくれそうな様子はない。

次いで、ボコボコと音を立てて付近の地面が隆起し、そこから腐食された魔物の体の一部が姿を覗かせる。

所謂《いわゆる》、〝ゾンビ〟と呼ばれる【死霊《アンデッド》】の一種であった。

そして、視界に揺らめく白く透明な影はレイスと呼ばれる【死霊《アンデッド》】であり、ぞろぞろとどこからともなく骸骨兵までもが集く《すだく》。

その物量は、まごうことなく脅威であった。

そのまま、エルダーリッチと思しきソレは、手にする杖を振るい、指揮下にある【死霊《アンデッド》】に命令を下すと同時に闇色の魔法陣がそこかしこに展開された。

ただ――。

「〝壊れろ《リジェクト》〟」

私が呟いた瞬間、展開されていた魔法陣にピシリと亀裂が走り、効果らしい効果も発揮されないまま、自壊が始まる。

「…………。同時展開された魔法陣を全て〝リジェクト〟するって、本当に治癒師か疑わしく思えてくるわね」

――エスト先生であっても、そこまでのことは出来ないわよ、たぶん。

アリアさんの呟きが私の鼓膜に届いた。

これでも百年前に一応、天才と呼ばれてた人間。

悠長に展開された魔法陣を発動途中で壊すことくらいなら、お茶の子さいさいだ。

色々とバレてしまっているし、今さら取り繕《つくろ》う理由は殆《ほとん》どない。だったら精々、脳内で描いていた計画図が上手くいかない続きで溜まりに溜まってしまっていたストレスを、この魔物で発散させて貰うとしようか。

「いくよ、ベル」

「任せろ」

一緒に魔法を扱うのは五年ぶり。

いきなりエルダーリッチを相手に連携とか、ふざけてるとしか思えない。

でも、理屈なんてないけど不思議とベルとなら目の前のエルダーリッチだって倒せるような気がした。

†

『――ざっとこんな感じかな』

そんな掛け声と共に、私は魔法を実演してみせる。

何ごとも、見て覚えるのが一番。

特に、ベルは魔法を本でしか学ぶ手段がこれまでなかったからなおさら。

なんて思いながら、精一杯私なりに魔法を教えていると、何故《なぜ》か盛大に呆れられた。

『……シルフィーお前、本当に治癒師志望か？』

『失礼な。どこからどう見ても治癒師志望でしょ』

『そうは見えないから言ってるんだが』

遡《さかのぼ》ること、五年前。

城に位置する図書館の側にあった敷地を使って、私はベルにひたすら魔法を教えていた。

ベルを言葉で言い表すとすれば、一教えたら十覚えて、十一目を自分なりに模索するような人間。それがベルだった。

とどのつまり、天才と呼ばれる側の人間。

前世では散々、教え甲斐のない人間とか言われてたけどその意味がようやく分かった。

これは確かに、教え甲斐がない。

『ま、まぁ、これでも昔は〝旅人〟にだって憧《あこが》れてたからね』

厳しい言い訳とは思っていた。

でも、私のチグハグさを体《てい》よく説明するには、その言い訳が一番都合が良かった。

それもあって、治癒師を目指す前は旅人になろうと思っていた。

ということでベルには説明してある。

『……シルフィーは、治癒師というより旅人の方が性にあってそうだけどな。自由気ままなところとかが特に』

――それに何より、旅人なら一緒にいられるのに。

小さなベルの呟きに対して、私は苦笑いを浮かべる他なかった。

魔法とは、生まれながらにして適性というものが存在している。

適性に恵まれなかった魔法は生涯、どれだけ努力を重ねようとも使えるようにはならない。

それがこの世の常識であり、普遍の真理であった。

ベルに、治癒魔法の適性はない。

だから、私と同じ治癒師の道をベルが進むことは土台無理な話であった。

先の呟きは、きっとそれ故のものだろう。

『でも、治癒師がダメだったら旅人になるんだろ？』

『そりゃまあ……貴族社会は苦手だし？』

治癒師がダメとなったら、確かに旅人をしてみるのもいいかもしれない。

貴族社会に溶け込むとか絶対無理だもん。

本能が嫌だって拒絶する自信しかない。

『だったら、その時は俺も一緒に旅をする。どうせ二人とも目的地は決まってないんだ。別にいいだろ、それくらい』

『……た、確かに、目的地なんてものはないんだけどさあ』

私もベルも、漠然とした目的しか決まっていなかった。

私は治癒師になる。ベルは自由になる。

本当にベルの言う通りだった。

『だから、その時のためにも俺はまだまだシルフィーから魔法を学ぶ。いざ一緒に旅をするってなった時、お互いで魔法の連携とか取れるようになってた方がいいだろ』

『……ここでそう繋げてくるか』

最近、ベルに教えることがなくなっちゃったし、もう私、お役御免じゃない？

ベルにこれ以上教える必要ある？

などと偶《たま》に呟いていた私の独り言を聞いていたのだろう。

お役御免にはほど遠いと言われてしまう。

そんな馬鹿な。

『二人だけでダンジョンに潜ってみるとか面白そうだよな。二人だけの合図とか決めたりしながら黙々と攻略して、みたいな』

『……後者はともかく、前者は却下だよ。怒られるどころの話じゃなくなっちゃう』

図書館に篭《こも》ることはどうにか許して貰ったけど、勝手にダンジョンに足を踏み入れたことがバレた日には間違いなくとんでもないことになる。

それに、私の目標はダンジョン攻略を生業《なりわい》とする冒険者でなければ、旅人でもない。

治癒師だ。

そこのところを勘違いされては困る。

『ま、今はそれで妥協するか。じゃ、二人だけの合図を決めるか。なら――』

†

「――俺が我先にと駆け出したら、補助に関しては全て私任せにする、とは聞いてたけどさ。それにしたって、無防備に過ぎるでしょ」

私がちゃんと覚えてるかどうかも確かでないのによくもまあ。

目にも留まらぬ速さで駆け出したベルの背中を見つめながら、そんな感想を抱いた。

そして、少し前にラークさんに対して魔法を重ね掛けした時と同様のことを今度はベルへ。

直後、青白に染まった魔法陣がぶわりと虚空に描かれ、際限なく広がってゆく。

「相、変わらずっ、魔法の才能がぶっとんでるんだよなぁ……ッ」

魔法師の技量を一目で判断する目安として、同時展開出来る魔法陣の量がどれほどかを見ることがある。

少なくとも、視界を埋め尽くさんばかりに展開されたソレの数は百に届きそうな量だった。

私はある程度知ってはいたけど、何も知らなかったラークさんやアリスさん、マルスさん達は絶句していた。

無謀にも駆け出したベルに対して、声を出そうとしていたはずの口は、意味を成さずにそのままの状態で固まってしまっている。

だが、流石は三年生というべきか。

「……、ッ、援護するっ!!　こっちにも補助くれ一年生!!!」

硬直していた身体を起こすべく、マルスさんが大声を上げていた。

すぐ様、戦闘態勢へと移行する彼から求められるがまま、補助の魔法を付与する。

「ほん、っ、と、気まぐれで魔法を学んでおいて良かった……!!」

後悔だらけの前世。

唯一、褒められる点があるとすれば、興味本位で魔法の知識を多くの人から吸収していたことくらいだろう。

しかし、その唯一がとてつもなく今の自分を助けてくれていた。

心なしか、きひ、と酷薄な笑みを浮かべるエルダーリッチは妖しく輝く深い真紅の目を動かす。

そして、拙《つたな》いと判断してか。

ベルが展開した魔法陣から逃れるように、浮遊してその場を後にしようとする最中、

「逃すか――〝影縫《かげぬい》〟」

盛大にその行動を阻害してやる。

エルダーリッチの足下から黒い糸が無数に生え、身体を地面へと強制的に縫い付けた。

「〝アイススピア〟」

青白の魔法陣から出《い》でるは、細く絞られた鋭利な氷の槍。それはほどなく周囲へと殺到を始め、【死霊《アンデッド》】や地面に触れた瞬間にピシリパキリと音を立てて氷が侵蝕を始める。

そして完成するは、

「〝凍ル世界〟」

いかに【死体使役《リビングデッド》】の能力を有していようとも、凍ってしまってはどうしようもない。

しかし、腐っても相手はエルダーリッチ。

リッチ特有の能力が一時的に封じられたからといって大人しくやられてくれる訳もなく。

「『キキキキキ!!!』」

甲高い声をあげて、エルダーリッチは嗤《わら》う。

向かっていた〝アイススピア〟を手にする杖を用いて突風を生み出し、叩き落としていた。

そして、行使していた〝影縫〟からも脱したエルダーリッチは此方《こちら》を見据えながらのらりくらりと浮遊する。

速攻でどうにか仕留めたかったが、流石にそれは難しかったらしい。

とすると、次はどうすべきか。

頭の中で最適解を導き出そうと試みる私だったが、結論に辿《たど》り着く前に声がやって来た。

「シルフィーさん。貴女《あなた》、ティリアがどこにいるのかって分かるのよね？」

〝魔力探知《サーチ》〟の魔法については軽くだけど説明はしてある。

「ええ、まあ」

厳密には分からない。

だけど、どこにいるのかを絞り込むことなら出来る。だから、何を思ってか、問い掛けてきたアリアさんの言葉に私は若干ぎこちない首肯で応えた。

「だったら、ラークも連れて三人先に行って貰えないかしら。【死体使役《リビングデッド》】さえ封じてくれれば、私ら二人でもなんとかなる。だから、シルフィーさん達にはティリア達を探して貰いたいの」

五人で力を合わせて倒した方がいい。

効率も、身の安全という意味でも絶対に。

アリアさんだってそんなことは分かっているだろうに、どうしてそんな発言を——。

「……殿下や、シルフィーさんが言ってた可能性について、私なりに考えてみたのよ」

背を向けられたまま、会話が続く。

浮遊するエルダーリッチが行使する魔法の〝リジェクト〟をしながら、前へ躍り出るラークさんをサポートしつつ、アリアさんの言葉に私は耳を傾けていた。

「確かにシルフィーさん達の言う通り、そう考えた方が納得出来る部分が多い。だからこそ、こんな場所で時間を食ってる場合じゃないの。少しでも早く助けに向かうべき。なんというか、妙な胸騒ぎがするから」

【死霊《アンデッド》】と呼ばれる魔物は、基本的には本体を跡形もなく粉々にしてしまうか、身体のどこかに存在する核石と呼ばれるものを破壊する以外に討伐する手段は存在していない。

それもあって、【死霊《アンデッド》】の討伐には時間が掛かる場合が多く、だからアリアさんは私達に先に行けと言ったのだろう。

「アリアの言う通り、だわな。今は人数を分けてでもティリア達の安否の確認が先だ。なに、問題がなけりゃ助けに戻って来てくれればいい。心配すんじゃねえよ。そのくらいの時間粘るくらい流石にわけねえさ」

マルスさんが同調する。

安全策を取るなら五人で戦うべき。

しかし、私達が助けるべき人間はアリアさんとマルスさんの二人だけではない。

「分かった。なら行こうか、殿下とシルフィーさん」

「……いいんですか」

「いいも何も、あれじゃ説得は無理だ」

目には決意が。

口にされる言葉や様子から、どんな言葉であっても全く彼女らが言葉を受け取る気がないことは私も分かってしまっていた。

それでも確認を取ったのは、私達よりもよっぽど付き合いが長いであろうラークさんの説得であれば聞く耳を持ってくれるのでは。

そう思ったが故のものであった。

「それに、マルスの言うことにも一理ある。何もなければ助けに戻ればいい。ただ、それだけの話だよ。何より、無謀な賭けでもない。殿下が【死体使役《リビングデッド》】を封じてるお陰で二人でも何とかなりそうなのは事実だしね」

「それは、まあ……」

「決まりね」

「という訳で先導頼むよ、シルフィーさん」

何も問題がなければ、助けに戻ればいいだけの話。

ラークさんに言い包《くる》められた私は不承不承ながら頷《うなず》き、ベルに目配せ。

ベルはというと、私ほど抵抗感を抱いていないのか。分かったとあっさり了承してしまう。

「……分かり、ました。でも、だったら最後にひとつだけやらせて貰います」

共に行動した時間は限りなく少ない。

知人と言えるギリギリの長さ。

そのくらい、付き合いは短い。

でも、仲間想いな彼らの人柄の良さはこれでもかと言わんばかりに思い知らされた分、私としては死んで欲しくはなかった。

だか、ら——。

「〝ゴーレム生成《クリエイト》〟!!」

土色の魔法陣から生み出される岩に覆われたゴーレムを生成。その数、五。

彼女らの身を守ってくれますように。

「そのゴーレムはアリアさん達の命令を聞くようになってます!!　好きに使って下さい!!」

そんな想いを溢《こぼ》しながら、私はそれだけを早口で告げて駆け出す。

「〝ゴーレム生成《クリエイト》〟っていやぁ、錬金術師の十八番《おはこ》じゃねえか。ほんと、どんだけ手札を隠し持っててんだか」

途中、マルスさんの呆れの声を聞きながら魔力反応のある場所へと向かった。

†

ダンジョンの中であるにもかかわらず、張り巡らされる魔法陣は妖しげな色を帯びていた。

薄紫に染まるソレは、地面を大きく侵蝕して明滅を繰り返す。

「質問に答えて貰えますか」

辺りが静かであるからか。

ベルの声は、朗々とよく響いた。

「貴方《あなた》は、ここで何をしているんです。サイラス先生」

そして私達の視線は、大きく広がった魔法陣の中心に立つ男に注がれていた。

ラークさんが名指ししたことでその正体が判明する。彼が、サイラス先生なのだろう。

白髪糸目の穏やかな相貌の男性だった。

だけど、私には糸目の隙間から胡乱気《うろんげ》な光が姿を覗かせているようにも思えた。

「さあ？　なんだと思いますか」

この部分だけ切り取ってしまえば、生徒の疑問に寄り添う優しき先生のように見えなくもない。

ただ、それは足下で拘束された二人の生徒の存在がなければの話。

魔法陣の上に横たわる彼らの存在が、穏やかな状況でないとこれ以上なく私達に教えてくれている。底冷えした視線を私達がサイラス先生に向ける理由は十分にあった。

だが、サイラス先生が何をしようとしているのかが全く以て分からない。

仮に、拘束されていたのがティリアさんらしき少女だけならまだ理解は出来た。

ハーシムさんのような思想をサイラス先生が抱いているのだと、それだけで納得が出来るから。

だけど、その側にはもう一人の男子生徒まで拘束されている。

単に巻き添えを食らったのだろうか。

そんな予想を頭の中でした瞬間だった。

「まぁ、一言で言ってしまえば復讐、でしょうか」

出来の悪い子供に物ごとを諭すように、サイラス先生は言う。

「ふく、しゅう……？」

何故《なぜ》ここで復讐という言葉が出て来るのだろうか。それが分からなくて、素っ頓狂な声をあげながら忘我《ぼうが》する。

「そうです。復讐です。御家の無念を晴らすため、王国の愚昧《ぐまい》さを知らしめるためにも、〝異能者〟が必要でした。そもそも、私が学院に籍を置いていたのは、全てはそのためでしたからね」

サイラス先生がヴォルドザード侯爵家と呼ばれた御家の関係者であることは、もはや疑いようがなかった。

「……王国の愚昧さだと？」

「ええ、そうです。王国に誰よりも、どの家よりも尽くしていた我々ヴォルドザード侯爵家を足蹴にするどころか、切り捨てた王国のことを他にどう言い表せと？」

祖国を貶《けな》されたことに反応をしたベルに対して、サイラス先生は滔々《とうとう》と語る。

「先代の国王も、今代の国王も愚か者だ。かつての王は、我々の先祖の行いを真っ当な人倫を無視した非道な行いだ。そう呼んだそうですが、真にそうでしょうか」

——人体実験。

それが露見したことでヴォルドザード侯爵家は取潰しになったと聞いている。

もしそれが真であるならば、王達の言い分はもっとものように思えた。

「ヴォルドザード侯爵家とは、錬金術師の一族です。錬金術師とは、不老不死に至るとされる〝賢者の石〟を完成させることこそが宿願。宿願を叶えるために犠牲を払う。至極当然のことではないですか」

なのに、何故《なぜ》そうも侮蔑《ぶべつ》な眼差しを私に向けるのです。理解が出来ない。

言葉にこそされなかったが、サイラス先生は顔を歪める私達にそう告げていた。

……なるほど、そういうことか。

〝賢者の石〟を生成するために、人を犠牲に据えていたのか。

「事実、アルザーク王国でないある御国は我々の力を認め、評価してくれましたよ。これほどの研究結果を埋もれさせてしまうなど、あり得ない、とね」

「……国を売ったんですか」

「失礼ですね。先に我々の手を振り解いたのはそちらの方ではありませんか」

故に、己らに非はなく、むしろ認めようとしなかった国王こそが悪いのだと指摘する。

「〝賢者の石〟を製作する過程で、少し面白い発見をしましてね。我々を足蹴にした王国への復讐がてらソレを使ってみようと思いまして。ただ、そのために欠かせない物が困ったことに一つだけありまして」

──〝異能者〟が必要だったんですよ。

「……それで、ティリアさんですか」

側にいる男子生徒──リオンと呼ばれていた彼は、ベルから王国由縁《ゆかり》の人物と聞いていた。恐らく、王国に復讐心を燃やすサイラス先生の気晴らしのために拘束されたのだろう。

人体実験のような非人道的な行為を是《ぜ》とする人間だ。このまま放っておけばどうなるのかは火を見るよりも明らか。

「……ということは、三十五階層主を連れて来たのもイレギュラーでもなんでもなく」

「ええ。私が連れて来ました。もっとも、アレは私を支援してくれている御国の力添えあってこそのものですがね」

話しているとよく分かる。

サイラス先生にとって、〝賢者の石〟に到達することこそが正義であり、そのためであればどんな犠牲であろうと是とされる。

だからこそ、認めず否定をした王国は彼にとって悪であり、復讐の対象という訳だ。

「……人をなんだと思ってるんですか」

私は責め立てる言葉を告げていた。

「ティリアさん達は、貴方の生徒でもあるでしょうに」

「ええ。そうですね。それは認めましょう。ですが――それがどうしたというのですか？」

「……っ」

呵責《かしゃく》も後悔も、そこには何もないのだと。

むしろ、わざわざそのような問い掛けをする私の言葉は時間の無駄でしかないと嘲《あざけ》るように、サイラス先生はわざとらしく首を傾げた。

「人はどこまでいっても人でしかありません。それ以上でもそれ以下でもない」

その言葉には人間らしい感情は含まれていなかった。ただただ冷徹に。ただただ酷薄《こくはく》に、残酷に、なんとも思っていないと答えられる。

元々は私も人に対してなんとも思わない人間《碌でなし》だった。

都合のいいおもちゃ程度にしか思ってなかったから、今のサイラス先生と殆《ほとん》ど何ら変わりなかったことだろう。

だからこそ、言わずにはいられない。

「それは、間違ってる」

過去の己の愚かさを指摘するように、どうにか私は言葉を絞り出す。

誰かを責められるような人間ではないけど、それでも言わないという選択肢はなかった。

「貴方《あなた》の一存で命を奪っていいほど、人の命は安くない。人の命の価値とは、私達が推し量れるようなものじゃない。もっともっと、大きくて、尊くて、眩《まぶ》しいものだ」

遠い日々を思い返すように、瞳に後悔や憧憬《しょうけい》、様々な感情を綯《な》い交ぜにした色を湛《たた》えながら告げる。

脳髄に深く刻まれ、忘れようにも忘れられない過去を幻視するように。

「紡がれる親交は尊ぶべきものであり、それら全てを踏み躙《にじ》ることだけは、私は許さない」

過去の己を侮蔑しながら。

己にそれを言う権利は一切ないと知りながら、私は言う。

何より、それを思い知らされたからこそ、今の私があるようなものだから。

「お嬢さんは、どうやら蝶よ花よと愛でられて育てられてきたらしい」

その発言を否定はしない。

事実、一度目はそうだったから。

とはいえ、これでも二度目の人生だ。

二度目の人生だからこそ、抱いた理想を叶えるためにとことん奔走してやると決めている。それの何が悪い。


「〝ゴーレム生成《クリエイト》〟」

サイラス先生を黙らせるべく、私は呟いた。

直後、そこかしこに魔法陣が出現し、ゴーレムが召喚《しょうかん》される。

これ以上会話をしたところで説得は不可能。

相互理解はどう考えても無理だった。

それに、このまま会話を続けて足下に広がる魔法陣を放置し続けるのも拙《まず》かった。

だったら、力尽くでどうにかするしか道はない。

しかし同時、ずきん、と頭に痛みが奔《はし》る。

――魔法の使い過ぎ。

一日にここまで魔法を使い続ける機会なんてものはなかったから、すぐにその原因は判明した。だけど、だからといって止まる訳にはいかない。故に気丈に振る舞う。

誰にもそれが露見しないように、ひた隠す。

「……へえ。錬金術師に錬金術で勝負を仕掛けて来ますか。ですが、場所が悪い」

相手が悪いのではなく、場所が悪い。

サイラス先生があえてそう告げた理由はすぐに思い知らされることになる。

足下に広がっていた薄紫の魔法陣に重なるように言葉なく、魔法陣がズラリと出現し視界を埋め尽くす。

ほどなくそこからゴーレムが召喚される。

その量、召喚の速度、ゴーレムの質。

どれを取っても習熟している、などという領域ではなかった。

魔力を急激に消費したにもかかわらず、疲弊した様子も全くない。強がりだとか、そういったことではなく一切。

異様過ぎる光景であった。

「何より、止めようとしても、もう手遅れですよ——準備は既《すで》に整っている」

転瞬、ぱら、ぱら、ぱらと崩落のような音がどこからともなく響き始める。

気の所為《せい》という可能性を即座に取っ払えてしまうほど、明確な音だった。

「転移、魔法」

「……ほう？　これを一目で見抜きますか。随分《ずいぶん》と博識ですねえ」

ダイヤモンドダストのような光の粒子が、薄らと宙を舞い始める。

それは、転移魔法と呼ばれる魔法の発動兆候だった。

基本的にソレは、消費魔力が膨大すぎて魔法師数十人がかりでなければ行使することは不可能とされている。

だからこそ、不可解だった。

どれだけ優秀であろうと、どれだけ天才であろうと、転移魔法をサイラス先生一人で行使出来る訳がないから。

「……い、や。そのための魔法陣《これ》ですか。そのための、〝異能者《ティリア》〟さんですか……!!」

「ふ、ふふふふ。ええ、ええ。その通りですよ。私は、〝賢者の石〟を生成する過程であることを発見しました。それこそが、〝異能者〟を魔力炉として扱う手法」

歓喜ここに極まれり。

私に見抜かれたというのに、そのことについて構うことなく、サイラス先生は口角を吊り上げる。そして饒舌《じょうぜつ》に語ってくれる。

その理由はきっと、今さらどんな策を講じたところで止める手段は残っていないと断じているから。

「今現在、三十四階層には無数の【死霊《アンデッド》】が存在している。それに加えて、私が召喚する数多くのゴーレム。それらが一斉に王都へ押し寄せでもしたら、王国はどうなるでしょうね？」

にたり、と嗤《わら》いながら、鋭さを増す暗い輝きを帯びた瞳が私達を射抜く。

そうなった場合、王都がどうなるか。

どれだけの被害が生まれるか。

それらの想像は難くない。

「そんなことはさせない」

終始隙を窺《うかが》っていたラークさんが、サイラス先生の背後へと回り、腰に差していた剣を躊躇《ちゅうちょ》なく振り抜いた。

だが、届かない。

斬り殺すには至らない。

「ですが現実、それをどうにかする手段は君達にはない」

嘲笑《あざわら》う。

己の復讐の邪魔は何人《なんぴと》たりとてさせないと、言葉はなくとも黒々と渦巻く憎悪の感情を眼光に乗せて告げる。

「だったら、その手段を今ここで作ればいいだけだろうが」

サイラス先生はティリアさんを魔力炉と呼んだ。

ならば、足下に広がる薄紫の巨大な魔法陣と、ティリアさんは繋げられていると考えるべき。もしかすれば、そこにリオンさんも含まれているやもしれない。

とすると、転移魔法が完全に起動した瞬間に、膨大過ぎる魔力を吸い上げられることになる。

そうなれば、二人の命の保証はないだろう。

助けるには、ベルの言うように手段を作るしか道はないだろうが……〝リジェクト〟を試みてもびくともしない魔法陣相手に、どうする気なのか。

問い質そうと思った私だったが、訊ねるまでもなく、既にベルは行動に移していた。

「そいつの注意を引いておけ！　ラーク・アルドノフ!!」

「注意って、簡単に言うけどさあっ」

これだけの量のゴーレムを息切れ一つせずに召喚出来る化け物相手に、それは骨が折れるどころの話じゃないんだけどなあ！　と苦笑い混じりにラークさんも叫び散らす。

けれど、無理とは言わない。

不可能であると拒絶をしなかった。

それ即ち、「可能」であるのだろう。

「でも、ここらで後輩二人に先輩の威厳ってものを見せつけなきゃいけないよねえっ!!」

手にしていた剣を地面へと突き刺し、言葉を口にするや否や剣身が焔色《ほのおいろ》に発光。

直後、枝分かれするかの如く、突き刺した場所を中心として焔が大地に走る。

「来《きた》れ来《きた》れ、火の精よ。契約に基づき、姿を晒せ——〝イフリート〟」

肌を灼かんばかりの熱量を含んだ突風が吹き荒れる。そして次の瞬間、視認出来るほどの質量の風がある姿を形取ってゆく。

それは、言い表すならば火の鳥。

人の全長をゆうに超える怪鳥が姿を晒す。

「〝精霊召喚〟……っ‼　しかも、〝イフリート〟って、王級の精霊っ‼」

ラークさんの行動に、私は目を剝く。

精霊と呼ばれる者達と契約を交わした人間のみが行える〝精霊召喚〟。

しかも、精霊の中でも最上位であり、よほどのことがない限り契約をしてくれない王級精霊──〝イフリート〟だ。

続け様、ピタリと不自然にサイラス先生を含むゴーレムや、姿を覗かせていた【死霊《アンデッド》】までもが硬直した。

「な、に……？」

「正攻法じゃ、色々としんどそうなんでね。徹底的に時間稼ぎをさせて貰うよ。ここからは、耐久戦といこうか──‼」

そう口にするラークさんは、視界に存在する無数の敵に対して、〝影縫《かげぬい》〟を敢行《かんこう》。

しかも、それはただ〝影縫〟じゃない。

「多段、術式……‼」

サイラス先生の声が答えを紡ぐ。

多段術式とは、一つの魔法術式に他の魔法術式まで組み込む手法。

組み込むと言えば簡単に思えるが、既に確立された魔法術式を弄《いじ》った上で新たな魔法術式として構成する必要がある。

それ故に、地域によっては多段術式ではなく複合術式と呼ばれることもあるほど。

そして〝影縫〟に組み込まれたもう一つの魔法術式は――

「〝重力操作《グラビティ》〟とは小賢しい……‼」

――身動きを封じる〝重力操作《グラビティ》〟。

激憤するサイラス先生達が、見えない重圧によってさらに身体の自由を奪われ縛られる。

そして間髪いれず、赤に染まった斑《まだら》模様の小さな球状のナニカが周囲に浮遊を始め――間もなく発光。

直後、何もかもを度外視にそれら全てが爆発。爆風が一斉に吹き荒れた。

「す、ご……‼」

一連の流れに、思わず感嘆の声がもれた。

「流石は、ハカゼが天才と言うだけある。あれなら、問題なく時間稼ぎをしてくれるな」

「……でも、ラークさんが注意を引いてくれていても、肝心の解決策が」

無いのではないか。

少なくとも、私の中では思い浮かばなかった。だから、そう言葉を続けようとして。

「いいか、シルフィー。これからすることは単純にして明快だ」

「単純……？」

「ああ、そうだ。難しい話じゃない。簡単な話だ。魔法陣を壊せないのなら、そもそもの土台を壊してしまえばいい」

「…………土台っ、て、まさか」

魔法を発動する際、私達は必ず魔法陣をどこかしらに浮かべる必要がある。

そうしなければ、魔法術式が起動しないからだ。

そして、魔法陣を浮かべる際にも色々と決まりのようなものがある。

基本的に、高位で複雑なものほど明確に刻まなければ効果を十全に発揮しない。

だから、大魔法に分類される〝転移魔法〟などは、床なりに明確に魔法陣を刻んでから魔力を流し込み、発動をするという手間を必要とする。

恐らく、サイラス先生が行おうとしている魔法も、そちらの部類だろう。

とすれば、ベルの土台を壊してしまえばいいという発言とはどのつまり
「その、まさかだ。魔法陣が壊れないのであれば、床を壊す他ないだろうよ」

「……だけど、ここはダンジョンだよ」

他の場所とは訳が違う。

床を壊せるくらいなら、誰もダンジョン内で下層へと続く道をわざわざ手間を掛けて探す必要などどこにもない。

現実、床を壊して下層に進むなんて話は聞いたこともない。それもそのはず。ダンジョンの床を壊すという行為は、それだけあり得ない選択肢だからだ。

「でも、やるしかないだろ」

助ける手段が恐らく、それを除いてないのだからとベルは告げる。

「ただ、問題が一つある。もし仮に成功したとしても、その後が俺にはどうしようもない」

後というのは、魔法陣が広がっている床を壊せたその直後のこと。

「だから……シルフィー。任せてもいいか」

——無理だ。

反射的に脳裏にそんな言葉が浮かんだ。

足場が失われた場合、高位の精霊を召喚しているラークさんはともかく、私達は下層へ床と共に落ちるしかなくなる。

それこそ、転移魔法も、空を飛ぶような魔法が使えでもしない限り。

そこまで思ったところで、私は妙な引っ掛かりを覚えた。

…………。

空を飛ぶ、魔法……？

「答えてくれ。……あまり長くは待てない」

私にその判断を委ねた理由が判然とする。

そうか。ベルは、私に――。

「……成功なんてしたことないよ、空を飛ぶ魔法なんて」

ハカゼさんと一緒になって話し合った「空を飛ぶ魔法」を、私に使えと言っているのだ。

「でも、それが一番みんなが助かる可能性が高い」

成功どころか、行使を試みたことすらない魔法に己の命の手綱を渡せるはずがない。

本来であれば間違いなく私はそう言っていた。

けれど現実、ベルが告げたその方法を除いて助ける手段らしい手段がないのもまた事実。

正攻法で壊せないこと。

ラークさんの時間稼ぎも有限であることなど。

それらの状況を踏まえると、私に許された思考の時間は限りなくゼロに近い。

「それに、あの魔法は理論としては殆《ほとん》ど完成してる。足りなかった部分は、あの時、シルフィーが埋めてくれた」

あとは、行使するだけなのだとベルは言う。

しかし、であるならば、魔法師として道を歩んできたベルの方が適任——

「ただ、俺には理解が足りてない。知識が足りてない。だからきっと、これはシルフィーじゃなくちゃ出来ない」

私にしか、出来ないことであると言われる。

確かに、魔法を使う場合、使う魔法についての理解を深めている必要がある。

現状、アレを使えそうな人間は、根幹となっている〝失われた秘術《ロストマジック》〟への理解があるハカゼさんか私くらいのものだろう。

だから、私じゃなくちゃいけないとベルは言っているのだと思った。

……今日は、こんなことの連続だ。

私が手を伸ばせばどうにかなるかもしれない。

そんな出来事が、ひたすらに続いている。

なんて日だと思わずにはいられない。

だけ、ど。

「……わか、った。やるよ、私」

だけど、悪くはなかった。

こういうのも、悪くはなかった。

何より、助けると言ってダンジョンに足を踏み入れたのに、助けられませんでした。では、エスト先生や任せてくれたアリアさん達に合わせる顔がなくなる。

出来るか出来ないかじゃない。

やるかやらないか。

だったら、やる他ないだろう。

他でもないベルが、私なら出来ると言ってくれているのならなおさらに。

「なら、あとは任せた」

唇の端をゆるく吊り上げて、ベルは穏やかに笑った。

そしてそのまま、すぅ、と小さく息を肺に取り込んで一言。

「広がれ――〝黒障陣《こくしょう》〟」

足下に広がる薄紫の魔法陣に被さるように、黒々とした新たな魔法陣が展開された。

〝黒障陣〟とは、「闇属性」に分類される魔法であり、その根源は「腐食」。腐食する対象は、物に限らず、魔法陣までも容赦なくソレは腐食する。

しかし。

「……流石は殿下。魔法一つとっても、規格外の規模ですねえ。ですが、いくら〝黒障陣〟とはいえ、この魔法陣を掻き消すことは――ぃ、や、これは」

素直に感嘆するサイラス先生であったが、ベルの意図に気付いたのか。

余裕めいた色が浮かんでいた彼の表情が、次第に険しいものへと変わってゆく。

そして眉間《みけん》に皺《しわ》を刻み、

「シルフィーが魔法陣の破壊を可能と考えなかった。なら、この魔法陣の破壊は不可能だ。そんなことは、あえて指摘されずとも分かってる」

ラークさんの相手をしながらも、策を講じようとする私達に視線を向けるサイラス先生に対して、ベルは容赦ない侮蔑の眼差しを向ける。

少し……いや、かなり私に対しての信頼が厚過ぎる気がするけど、どうしてこうなった。

そもそも、私は魔法師でもなんでもないんだけども……!!

「だから、この行動だった。だから、〝黒瘴陣〟だった」

展開された魔法陣が妖しく光る。

そこから黒い触手のような蠢《うごめ》くナニカが姿を覗かせ、魔法陣ごと巻き込んで地面に次々と突き刺さってゆく。

「魔法陣が刻まれた床ごと壊すには、こうするしかなかった」

「……どうして」

困惑の感情が込められた声音。

「どうして殿下は、そうまでして助けようとするのです。これほどの規模の〝黒瘴陣〟です。全てが上手くいったとしても、無事では済まないでしょう」

身の丈に合わない魔法を行使すれば、身体が内から食い荒らされるような激痛に見舞われる。それは、魔力を急激に失うことで起こる副作用のようなものだった。

何ごともなかったかのようにベルは努めて平静を装ってはいるが、今まさに尋常でない痛みに襲われているはずだ。

「しかも、ここにいるリオン公子は貴方にとって恨みはすれど、助ける義理などどこにもない御家の人間のはずです。メルフェド公爵家の人間から貴方は五年前まで酷い仕打ちを受けていたはずだ……‼」

メルフェド公爵家。

サイラス先生の口から出てきた家の名前に、私も覚えはあった。

今では先代当主にあたるのか。

隠居を余儀なくされたかつてのメルフェド公爵家当主は、〝腫れ物〟扱いを受けていた当時のベルを、いない者として扱おうとする筆頭の人間だったから。

図書館に頻繁に向かう私も道すがら、そのことで何度か嫌味を、わざと聞こえるか聞こえないか分からない声量で言われた機会は数しれない。

ベルにとっては、恨む理由こそあれど、間違っても善意を振りまくべき相手ではない。

どうしてリオンさんの名前が出た時、家名についてベルが触れなかったのか。

その理由が今になって判明した。

「メルフェド公爵家だけではありません！　殿下を蔑んでいた連中なぞ、それこそ大勢いるはずです！　なのに何故《なぜ》……ッ」

「くだらんな」

だらだらと言葉を並べ立てるサイラス先生の言い分を、ベルは一蹴する。

その発言に、考慮する余地は微塵も感じないと簡潔な一言が全てを物語っていた。

新一年生としてベルが入学をしたことはサイラス先生の耳にも届いていたことだろう。

しかし、今回の計画を実行するにあたって、ベルが介入してくることはないと踏んでいたのかもしれない。

「そもそも俺は別に、そいつらを恨んでない」

呆《ほう》ける。

サイラス先生の行動原理とは詰まるところ、「復讐」にある。

だから、当然とも言える憎悪の感情を一切抱いていないと口にするベルの気が知れなかったのだろう。

理解の埒外《らちがい》にある返答に、サイラス先生は言葉を失っていた。

「言っておくが、聖人染みた理念を持っているだとか、そういう話じゃないぞ。お前に分かるように言ってしまえば、興味がない。ただそれだけだ」

過去全て丸ごと。

己の不幸でしかなかった境遇に対して、今は興味が一切ないとだけ告げて話を纏《まと》めてしまう。

そのこだわりの無さっぷりには、私でさえも驚かずにいられなかった。

なにせ、ベルが夢として語った「空を飛びたい」という想いは、そこから来ていたはずだから。

「貴族には、面従腹背《めんじゅうふくはい》な人間も幾人かいることだろう。俺を蹴落とそうと考えてる人間もいるかもしれない。ただな、俺はその全てがはっきり言ってどうでもいい」

ベルの奥底に眠っているであろう、「憎悪」の感情をどうにか引き摺《ず》り出そうと試みていたサイラス先生は、その言葉が取り繕いでもなく、嘘偽りない本音であると見抜いたのか。

信じられないと、表情で胸の内を晒しながらベルの言葉を聞くことしか出来ていない。

「たった一人、心を許せる奴がいるなら、俺はそれら全てがどうでもいいと思える。復讐などという下らない非生産的な真似をする暇があるなら、俺はコイツを誘って旅にでも出る」

地位に一切の拘《こだわ》りを持っていなかった奴に、些《いささ》か影響され過ぎてしまっている感はあるがな。

笑い混じりにそう言い放ち、言葉を締め括る。

だけど一つ言わせて欲しい。

コイツと言って私に視線を移してたけど、もしかしなくとも心を許せる奴って私のことですかねえ⁉

「く、くくくくく、ははは‼　確かに‼　復讐なんてする暇があるなら、新しい楽しみを見つけるために行動した方が何倍もいい‼」

サイラス先生を嘲《あざけ》るべく、額に大粒の脂汗を浮かべながらもラークさんまでもが会話に参加してくる。

「それにな、人がどれだけの代償を払って学院に入学したと思ってるんだ。それでもたった三年しか時間がないというのに、国に対して復讐をするだと？　ふざけるのも大概にしろ」

そうなれば、学院もタダでは済まない上、せっかくの努力も水の泡になるかもしれないだろうが。ふざけるなよ。死ねよ。くたばれよ。

ベルの口から続けられるその言葉全てが、私怨《しえん》百パーセントのお言葉であった。

復讐なんて非生産的な、などと数秒前に言った本人とは思えないくらい、復讐する気満々に見えたのは私の気の所為《せい》だろうか。

「……だからまぁ、お前の好きにはさせてやれないんだ」

その言葉を最後に、崩壊の音が一層強まる。

ひたすらに召喚されてゆくゴーレム。三十四階層に存在する無数の【死霊《アンデッド》】。

それらの転移の準備と、崩落の時間勝負。

「そん、な、下らない理由で私の復讐の邪魔をすると言うのですか……!! 貴方《あなた》は!!!」

凄《すさ》まじい赫怒《かくど》の形相を浮かべる。

言葉を尽くして妥協点を探る。

そんなことは不可能であると一瞬で理解出来るほどに、二人に相互理解は有り得なかった。

「とはいえ、俺もシルフィーと出会っていなかったら、あんたのようになっていたかもしれないな。サイラス・ヴォルドザード」

「な、に……?」

身体を怒りに震わせ、地を這うような声で叫び散らすサイラス先生とは対照的に、ベルの表情はどこまでも平静で穏やかなものであった。

「こうして三十四階層に来た理由だってそうだ。俺は、他でもないシルフィー・リーレッドに救われた。だから、少なくとも俺はコイツにだけは失望されたくない。あの時、手を差し伸べてくれたコイツに後悔だけはされたくない」

——何があっても、手を差し伸べなければ良かったと思われたくない。

「そしていつか、俺が立派になれば、シルフィーに頼って貰える気がした。コイツの悩みを、俺が解決出来る日が来るんじゃないかって。まぁ、一緒にいたかったから、なんて打算もあったことは否定しないがな」

こうして、進んで助けに向かおうとした理由は、ベルが頼れる人間に成長したことを見せつけたかったからなのだと聞こえてきた。

そして何より

「……私の、悩み」

ポツリと私は呟く。

何が私の悩みであるかなんて、言われずとも分かっている。

理由は分からないけど、こうして授かってしまった二度目の生においてソレを忘れた日は一度としてなかったから。

——前世について。

それが他でもない私の悩み。

だけど、ベルに打ち明けてしまったが最後、私は軽蔑されてしまうだろう。

でも、いつかは打ち明けるべきだ。

ベルに手を差し伸べた理由は贖罪で、本当の私はこんなにも碌《ろく》でなしなんだと打ち明けてしまうべきなのかもしれない。

とはいえ、それをするのは全てが終わったあと。今はいらぬ邪念は捨ててしまえ。

でなければ、上手くはいかないから。

「……実に素晴らしい理念ですね。素晴らし過ぎて、吐き気がしますが。そんなクソ下らない理由なんぞに私は今、邪魔をされているのか……⁉　我々を切り捨てた国に対して、その愚かさを知らしめんとする私の行為が、その程度の理由に……？
ッ、ふざけるな……‼　私を侮辱するか‼」
サイラス先生は捲《まく》し立てる。

「王が愚鈍であれば、その王子も愚鈍であったという訳だ‼　人を利用し、使い殺す。それは確かに倫理に欠けていたかもしれません。ですが、〝賢者の石〟の完成には必要不可欠であった‼　〝賢者の石〟が齎《もたら》す価値をお前達は何も分かっていない‼」

「……それを作るためならば、人を殺してもいいと？」

王でもある己の父を侮辱されたことで、ベルの表情が怒りに塗《まみ》れる。

だが、激昂するより先に私がサイラス先生に問うた。

「ええ。そうです。そのためであるならば、仕方がない。意味もなく殺すのではなく、崇高な目的の下、殺すのです。彼らもその礎《いしずえ》になれるのであれば、死後の世界で喜んでいることでしょう」

確固たる目的のための殺しであれば、それは決して間違った道ではなく、責められる道理もないとサイラス先生は信じて疑っていないようであった。

「だからこそ、許せない……!!　我々を貶《おとし》めた国が!!　そして今、邪魔をするあなた方が!!!」

呼応するように、立て続けに展開されていた召喚陣の数がさらに増加する。

「まじ、か……!?　これ以上増えるのは流石にまずいんだけどっ!?　てか、この馬鹿げた物量を見る限り、本気でサイラス先生、国でも滅ぼす気だったたっぽいねえ!?」

悲鳴のような声をラークさんがあげる。

これ以上は手に負えなくなる。

言葉はなくとも、私達にそう伝えていた。

「……お前にとって人とは、どこまで煎じ詰めても人でしかないのだろう。何の変哲も個性のない人形同様の人でしかないのだろう」

もちろん、感傷に浸ることもある訳がない。

崇高な理想とやらに辿り着いたという結果のみに価値が生まれ、それまでの過程なぞ、いくら血に塗れていようが等しく「仕方のない犠牲」である。

それが、サイラス先生の言い分だ。

「だが、お前にとってはそうだとしても、他の人間もそうであるとは限らない。そいつを掛け替えの無い人間と思う者も存在しているかもしれない。にもかかわらず、お前はお前の理由一つで殺しているという訳だ。仕方がないだと？　そんな訳があるか……ッ!!!」

サイラス先生の言う「仕方のない犠牲」の矛先がもし、己にとっての掛け替えのない人間に向いてしまった場合。

それを考えれば、怒らずにはいられない。

己の中で渦巻く激情を言葉に変えて叫び散らす。

そしてだからこそ。

「喰らい尽くせッ!!　〝黒瘴陣《こくしょう》〟!!!」

既《すで》に限界ギリギリの出力だった。
しかし、その限界すらも超えて強引にベルは〝黒瘴陣〟を起動させる。
直後、本格的に階層の崩壊が始まった。
破壊による轟音。戦闘音。巻き上がる砂煙。
私達の周囲に安全と言える場所はどこにもない。
──でも、関係ない。
私は、私のやるべきことをやるだけ。
他のことは考えるな。
必要なのはあの時、図書館の中でハカゼさんも交えて話し合った内容。
その再現と、補完。
失敗は許されない。
失敗することはそれ即ち、死を意味するから。
『──知ってるか。この世界には、【天族《レアーレ》】って呼ばれる種族が大昔にいたらしいぞ』
脳内で過去の情景が再生される。

それは五年も前の日常。

ベルとの会話の中で出てきた言葉だった。

図書館に篭《こも》り切りだったからか。

ベルの知識は基本的に本によるもののみ。

でもだから、そっちの知識は豊富にあった。

神話などと呼ばれる神代の話にも、ベルはそれなりに知識を持っていた。

当時より、「空を飛びたい」と言っていた彼だったからこそ、その手掛かりになるものがどこかしらにあるのでは。

そう思って過去の文献も漁っていたらしい。

これは、その際に見つけたとある種族の話。

〝リアーレ〟と呼ばれた【天族】の話。

「……は、ぁっ」

思考。思考。思考。

己が持ち得る集中力。脳の処理能力を全て注ぎ込んでいたせいで軽い酸欠状態に陥《おちい》っていた。

だから私は、慌てて空気を肺に取り込んだ。

「魔法に必要なのは、術式の理解と鮮明なイメージ」

私は己に言い聞かせるように言葉を口にする。

空を飛ぶ魔法であれば、明確な飛べるイメージが不可欠。

しかし、実際にその魔法を目にしたことがある訳でなし、そのイメージは困難を極める。

であるならば、想像上とも言える存在を己なりにイメージしてしまえばいい。

それを確固たるイメージへ昇華させてしまえばいい。

大丈夫。私ならやれる。

それに、ベルの期待には応えたい。

これだけ純粋に、私を信頼してくれる人の期待を裏切りたくはなかった。

「ラークさんと、ベルの居場所を把握」

感覚を研ぎ澄まし、目で見て捉えるのではなく、彼らの魔力を捉えて場所を把握。

次いで、補助魔法を掛ける要領で己を含む彼らに対して魔法を行使してゆく。

己の中にある魔力を流し込み、魔法術式の構築。イメージの具現化。

そして、そして――。

「――〝翔け《リアーレ》〟――!!」

ピシリ、とヒビ割れる壊音が鳴る。

後先考えず、持ち得る魔力を全て注いだベルの〝黒瘴陣〟によって、サイラス先生が展開していた魔法陣が広がっている部分を中心として、地面がず、ず、ずと陥没を始める。

しかし同時、私達の身体が浮遊感に襲われた。浮かび上がった白銀色の魔法陣が、私達を薄透明色のナニカで包んでゆく。

「馬鹿な……空を飛ぶ魔法ですって？」

「私の魔法じゃ、ありませんけどねッ」

流石は魔法学院の教員であっただけはあると言うべきか。

一目でこれが空を飛ぶ魔法であると看破《かんぱ》されてしまう。

だけど、目の前の光景が信じられないのか。

あり得ないと、うわ言のように何度も言葉を繰り返している。

それもそのはず。

空を飛ぶ魔法とは、未《いま》だどの国であっても確立されていない魔法。

風の魔法を用いて空を飛ぼうとした人間は多くいたらしいが、その不安定さ。着地の難しさ等、様々な観点から実用からはほど遠いとされていた。

だからこそ、完璧に問題なく浮遊し、空を飛んでいる私達の現状が信じられなかったのだろう。

「なにせこれは、殆《ほとん》どハカゼさんとベルが作り上げた魔法ですから!!」

私がしたことは最後の足りなかった小さなピースを一つだけ埋めて、こうして美味しいとこ取りをしたぐらい。

そんなわけで、私にそんな得体の知れない物を見るような視線を向けてくんな!

「シルフィーさん!!　今ならいけるはずだよ!!」

直後、ラークさんの声が聞こえた。

足場の崩壊によって、魔法陣と結び付けられていたティリアさん達との繋がりが薄まっている。だから、それを完全に断ち切るには今しかないと――。

「〝壊れろ《リジェクト》〟!!!」

「……ッ、ぐっ」

転瞬、痛苦に塗れた表情を見せた後、サイラス先生は、ごぽりと口から血を溢《こぼ》す。

彼の圧倒的なゴーレムの召喚や転移陣は〝異能者〟であるティリアさん達から奪っていたもの。だからその繋がりが断ち切られてしまった以上、転移陣の維持はもちろん、ゴーレムの召喚でさえもままならなくなる。

それでもなおも無理に行使しようとすれば、身体の崩壊が始まってしまう。
「もう、一度……ッ、〝翔け《リアーレ》〟‼」
崩落する足場と共に、落ちてゆくティリアさん達に向けてもう一度、魔法を行使。
身体の中を内から何かに食い荒らされるような激痛が私を襲う。
でも。それでもと、下唇を強く噛み締めることで限定的にその痛みに背を向ける。
「その〝異能者〟を渡す訳にはいかないんですよぉッ‼!」
核たる存在であるからこそ。
今回が失敗に終わろうと、〝異能者〟であるティリアさんさえいれば。
そう考えてか、サイラス先生はその身柄を奪い取ろうとする私に焦点を当てる。
血走った目と共に向けられる殺意。
言葉なく魔法が展開された。
「〝壊れ《リジェ》……ッく、い゛っ⁉」
その程度の魔法であれば、魔法陣ごと壊してしまえばいい。
安易に考えたソレは、実行に移されることなく、酷い頭痛によって邪魔をされる。
——魔法の使い過ぎ。
兆候はあった。

耐えられる程度だったが、痛みだってあった。これは、無理が祟った結果。

そして、そのせいで致命的な隙が生まれる。

後悔の言葉を口にする間もなく、私はやって来るであろう痛みに耐えるべく目を瞑《つむ》り――しかし、予期に反して痛みが私の身体を襲うことはなかった。

「……護身用、なんて理由をつけて学んでおいて正解だったな」

〝黒瘴陣〟によって、魔力の消費は膨大。

今もなお、足場を腐食しており、その規模からして並行して魔法を行使することは魔力の消費を考えれば自殺行為でしかない。

だから、魔法は使えないはずだった。

防ぐ手段はベルにだってなかったはずだった――手にする剣で、魔法を叩き斬るという真似をしていなければ。

怖ず怖ずと目を開けた私の視界には、ベルの背中があった。

遅れて、呟きに似た声も聞こえた。

「そんなもの、どこに隠し持ってたの……って、そっか。それ、魔道具か」

何かしらのトリガーを引けば起動される造りの魔道具。

起動されるまでは小さな形状となっていることが殆《ほとん》どで、ベルはもしもの時のためにソレを懐に入れていたのだろう。

とはいえ、剣で魔法を斬るだなんて曲芸の域だ。よくもまあ、そんなことが出来るなと、助けられておいてなんだったけど私はそんな感想を抱いた。

「……それ、ほどの才能を持ちながら何故《なぜ》、私のように『復讐』をしたいと思わないのですか」

サイラス先生の震えるその言葉には、諦念《ていねん》のような色があった。

無限に思える数のゴーレムは、ラークさんが召喚した〝イフリート〟によって今もなお、数を減らされている。

召喚する数に陰りが生じた以上、この均衡も長くは続かない。

先の魔法で、生命線を担っている私を殺せなかった時点で勝敗は決したと考えているのやもしれない。

「そもそも、殿下は何故《なぜ》ひけらかそうとしないのです。認められたくないのですか。己の才を！　生を！」

そういえば、ベルってそういう部分がないんだよなってサイラス先生の言葉に影響されて私までもそんな感想を抱いてしまう。

貴族という存在そのものから距離をとって慎ましく生きてやろう。

そう考えていたけれど、それでも貴族であるからどうしても情報が入ってきてしまう。

ただ、その中にベルの情報だけは一切なかった。魔法が好きだとか、そんな漠然とした情報が少しだけあるくらいだった。

「散々否定をされてきたはずです!! 嘲笑《あざわら》われてきたはずです!! 謂《いわ》れのない誹謗中傷を浴びせられ、どんな形であれ間違いなくその生を踏み躙《にじ》られたはずだ!!」

だからこそ、己を蔑《さげす》んだ連中に対して、これほどの人間をお前達は嘲笑ったのだぞと。

過去の己が如何《いか》に愚かしかったかを突き付けようとするのが当然だろうがと。

「そうだな。たった一人を除いて、お前の言う通りだった。何もしてこない人間もいた。だが、概《おおむ》ねお前の言う通りだった」

がらがらと音を立てて周囲が崩れ落ちてゆく。

しかし、その音に遮られることなくベルの声は朗々と響いて私の鼓膜に届く。

声には熱があって、懐古《かいこ》の色が滲んでいた。

「だけど、たった一人。馬鹿みたいなお人好しが俺に世話を焼いたんだよ。そいつ、本当にお人好しでさ。正義の味方みたいなことを言うんだよ。だから、復讐なんてしようものなら、間違いなくそいつに怒鳴り散らされる。俺は、そっちの方が嫌なんだよ。嫌われたくないしな」

ベルは私を庇《かば》うように未だ背を向けているというのに、何故《なぜ》か紡がれるその言葉が私に投げ掛けられているような錯覚に陥っていた。

否、事実、私に向けた言葉なのだろう。

とはいえ、その真偽を問う暇がある訳もなく、私は彼らの会話を遮るように声をあげる。

「……ッ、この場所はもう長くは保《も》ちません‼　逃げるよ、ベル‼」

サイラス先生のような人間を、死んでもいないのに目を離す訳にはいかない。

だけど、捕まえる時間はもうない。

どうにかして私達が逃げることで精一杯。

だから、これ以上構ってる時間はないと告げて残りわずかの力を振り絞って逃げることに徹する。

どうにか浮遊させたティリアさんとリオンさんは、既にラークさんがガシリと掴んでおり、懸念はもうない。

一人に全部を任せて申し訳なくはあったけど、その申し訳なさに今だけは。

と言い訳をして背を向ける。

時間感覚すら曖昧な中、逃げる私達は丁度《ちょうど》、どうにかエルダーリッチを二人だけで倒したアリアさん達と合流し――少し休もう。

そう思った私は目を瞑った。

〝帰還石〟の使用を阻んでいた原因が失われ、本来の効力を発揮する中、そこで私の意識はぷつりと途切れて闇に溶け込んだ。

第五章　波乱万丈の学院生活の幕開け

意識を取り戻した時、まず初めに抱いた感想は、身体が鉛のように重い。というものだった。

……あぁ、そうだ。

私、ダンジョンの中で意識を失って――。

「……どこだろ、ここ」

匂いとか、天井の色の微妙な違いから、ここが家でないことはすぐに分かった。

時折、鼻腔をくすぐるこの薬品のような独特の匂いはいったいなんなのだろうか。

そんな疑問が私の頭の中に浮上すると同時、

「意外と早いお目覚めだな」

ベッドに寝かされているであろう私のすぐ近くから、声が聞こえてきた。

凛としたハスキーボイス。

これは……エスト先生の声……？

「あの、私どのくらい意識失ってました？」

「ざっと、一時間程度だ。お前には色々と聞きたいことがあるんだが……とはいえ、まずは礼を言っておくべきだな。助かった。お前がいなければ最悪、全員死んでいた可能性もあったとラークから聞いている」

わ、私は何もしてませんよ？

などと嘯《うそぶ》くのもナシではなかったが、エスト先生の声音からして、とぼけてそれを強引に押し通そうとしてもなんというか。

理屈はないけど無理な気がした。

エスト先生がいるということは、ここは学院か。

「……流石《さすが》にそれは大袈裟ですって。ベルや、ラークさんの助けがなければそれこそ、とんでもないことになっていたかもしれません」

「あくまでしらを切るという訳か。……まぁ、そういうことにしておくか」

どれだけ言葉を重ねようとも、私が素直に認める気がないことを見抜いてか。

呆《あき》れるようにエスト先生はやれやれと殊《こと》さらに深いため息を吐く。

「……しかし、それほどの才を持ちながら治癒師志望とはな」

父を含め、何千回とされてきたよくある感想だった。

もう飽き飽きするほど聞いてきた呆れの言葉だった。

「い、いいじゃないですか。人を救う職業！　治癒師！　なんて素晴らしいんでしょう!!　あ痛!?」

治癒師じゃなくて魔法師にでもなれ。

とでも言いたげなエスト先生に、治癒師の素晴らしさを力説しようと試みる。

だけど、声を張り上げたところで全身からピキッと悲鳴が上がって頓挫《とんざ》した。くそう。

「まぁそれはともかく、本題に移ろうか」

「それはともかくって……一応、私の夢なんですけど。ちっとももともかくじゃないんですけど……」

エスト先生は私の担任にあたる人らしいし、勝手に進路を魔法師に捻じ曲げられると大変困るので、この力説は必要不可欠なものだった。

だから、ともかくとかじゃないよと訴え掛けるけど、暖簾《のれん》に腕押し。聞いてる感じがしない。

なら、元気になったら改めて――。

「サイラスのことだ」

「……む」

呑気に頭の中で計画図を描いていた私の思考が、その一言によって中断される。

「あいつの安否については未《いま》だ不明だが……ラークにその時の状況を聞く限り、まず生きていまい。自業自得だな」

崩れていく足場を実際に見た人間として言わせて貰えるなら、あそこから落下したとすればまず生きてはいられない。

そう思えるくらいの深さだった。

「それと、ここから重要なんだが――」

「今回の一件について、私から何か口外するつもりはありません。もちろん、そうすることで対価を求めることも、何もありません。これは、殆《ほとん》ど私が勝手にやったようなものですから」

結果良ければ全てよし。

なんて言うけれど、あれは言ってしまえば暴走でしかない。

それに、何かを求めてした行為でもない。

だから、口外する気も何かを求める気も何もない。そう告げるとエスト先生は一瞬、驚いたような表情を浮かべた。

やっぱり、そういう話だったか。

「それ見たことか。シルフィーはそういう奴だと言っただろうが。対価を求めることなど天地がひっくり返ってもあり得ないと」

新たな声が加わる。

それは、ベルの声だった。

「……ダンジョンの時から思ってたけど、シルフィーさんって俗物っぽいところが殆《ほとん》どないよね」

さらに、ラークさんまでも。

「それは、良いことなのでは……？」

「まあそうなんだけど。ただ、僕としてはもう少し好き勝手に生きてみたらいいのにと思うわけよ」

「ラークは好き勝手に生き過ぎだ。少しは〝体調不良娘〟を見習え」

「うげえ⁉　思いもよらないところから攻撃受けたしっ⁉」

下手なことを言うもんじゃねえ！　と、頭を抱えるラークさんの姿が映り込んだ。

「……でも、大きな借りが出来たな」

本来、生徒を助けるのは教員の役目だというのに、その役目を押し付けてしまった。

倒れるまで身体を酷使させてしまった。

そう、申し訳なさそうにエスト先生の口から言葉が並べ立てられる。

――気にしなくてもいいのに。

素直にそんな感想を抱いたけれど、私が気にしないでくれと言って、はい分かりましたとことが収まるような雰囲気ではなかった。

なら、適当にお願いごとをして、それでチャラという方針が一番後腐れなく済むだろう。

だから、軽いお願いごとを――と思ったところで、ふと、妙案が浮かび上がった。

待て、よ……？

かなりゴタゴタしちゃったけど、担任であるエスト先生のお力を貸していただけるのなら、私の慎ましい学院ライフはまだまだ実現可能なのでは？　挽回がきいちゃうのでは？

これは、私の時代が来たのでは？

「えっ、と、じゃあ、あの――!!」

「失礼します」

ウキウキする心情を隠し切れずに、口角をやや吊り上げながらも私はエスト先生にお願いごとをしようとして。

しかし、絶妙なタイミングで邪魔が入る。

一度も聞いたことのない声だった。

「いいところに。丁度さっき〝体調不良娘〟が目を覚ましてな」

新たに加わった声に対して、エスト先生は言葉を向ける。

やがて映り込む薄緑の髪。

肩のあたりでボブに切り揃えられた彼女のことを、私は知っていた。

「初めまして、になるのかな。ボクの名前はティリアです。ティリア・ミネルバ」

お互いに意識がある中で顔を合わせたのがこれが初めて。

鈴を転がすようなその声は、心地が良かった。

「シルフィー・リーレッドです。こちらこそ、初めまして」

「えっ、と……その、何から話したらいいだろう」

言い辛そうにティリアさんは頬を搔く。

こうして巻き込んでしまった以上、事情の説明はする他ない。しかし、何をどう話せばいいのか。それが判然としていないのか、言葉を探しあぐねているようであった。

「あぁ、っ、そうだ。お礼を言わなきゃ。その、この度はご迷惑をお掛けしてすみませんでした」

混乱しているのか、発言の全てがたどたどしい。年上の先輩であるはずなのに、つい先輩とは思えなくなるくらい。

いや、前世も含めればエスト先生といい勝負しそうな年齢ではあるんだけども。

「謝る必要なんてありませんよ。どこからどう見ても、ティリアさんは被害者なのに」

巻き込まれた側。

私が考える限り、ティリアさんに非はない。

悪いのは百パーセント、サイラス先生だ。

「それに、あえて事情を全て話さずとも問題ありません。誰しも、話したくないことはあるでしょうし、そもそも、この事情を知りたいがためにダンジョンに向かうと決めた訳でもありませんから」

ティリア・ミネルバ。

エスト先生曰く、家名であるミネルバの部分は隠して生活しているはずなのに、私の前であえてそれも含めて口にしたということは恐らく、彼女は包み隠さず全てを話す気でいたのだろう。

だから、何から話すか迷っていたのかもしれない。

「何より、私にだって話したくないことの一つや二つくらいありますしね。だから、無理に話して貰わなくても大丈夫ですよ」

どうして、治癒師を目指すのか。

名誉欲、顕示欲といった自己愛が特に希薄な理由など。

探せばキリがなくなるくらい出てきそうなほど、秘密は抱えてる。

そんな人間が、人の話したくない部分に土足で踏み込める訳がない。

「…………」

不自然に、瞬きをぱちぱちと数回ほど続けてティリアさんが行う。

どうにも、私の発言に驚いているようであった。

……さっきのエスト先生の反応もそうだけど、そんなに私、好奇心旺盛な人間に見えているのだろうか。

「なんというか。シルフィーさんはまるで年上の方のようですね。ボクの方が年上のはずなのに」

「……そんなに老けて見えますかね？」

一瞬、前世のことを見透かされたのかと思って、どくん、と大きく心臓が跳ねる。

ティリアさんは〝異能者〟であるらしいし、そういった類《たぐい》の能力を持った〝異能者〟という線もあり得なくはない。

だからあえて、話を逸らしてみる。

「老けて……？　あぁっ、いや、そういう話ではなくて。内面の話です。ボクを前にしても、初対面とは思えないくらい落ち着いてるし、言動も全部なんというか、大人っぽくて」

――だから、外見が老けてるとかではないです。ただ、色々ともったいないかなとは思ったけど。

独り言のように付け足されたその言葉は、ばっちり私の耳にまで届いていた。

私のファッションはティリアさんにも不評であるらしい。ここまで会う人全てに、ぼろくそに言われてる気がする。酷い。

「大人っぽい、か」

自分ではあまり意識する機会というものはなかった。だから、ティリアさんのその発言は私の中で特に意外なものだった。

我儘《わがまま》放題だった人間が、まさか大人っぽいと言われる日が来るとは。

「いや、流石にそれはティリアの勘違いだろう」

「……エスト先生？」

人がせっかく、感傷に浸ろうとしていたところで横槍が入る。いいところだったのに。

「大人な人間が、入学試験で遊ぶものか」

半眼でじとーっと責めるような視線を向けられる。

「遊ぶ？」

「この〝体調不良娘〟、入学の試験では全科目で平均点である七十点を叩き出してるんだ。三十四層に潜れるような人間が、だぞ？　どう考えてもわざとだ。遊んでるとしか言いようがない」

「うぐっ⁉　そ、そそそ、それには深い深い事情がありまして」

何がなんでも目立たずに慎ましい学院ライフを送るためにも、平均的な人間という印象が大事だと思ったからこその行動でありまして。

——などと言おうか迷ったけど、やっぱりやめた。なんとなく、ふざけた奴だとしばかれる気しかしなかったから。

「ほほう？　ならば、その深い深い理由を聞かせて貰おうか。きっと、山より深く、海よりも高い理由があるのだろうな」

「……下らない理由ってもう既《すで》に決めつけてません？」

「違うのか？」

「……違わないんですけどね」

やむを得ない事情と言えば事情だけど、「慎ましく生きたいから」という理由を深刻視してくれるのは世界全土を見渡しても私くらいのものだと思う。

つまり、素直に認めてしまった方が吉だ。

とはいえ、これ以上の追及はしんどいので側にいたベルに助けてと無言で訴えてみる。

「一応、さっきまで意識を失ってた病人なんだ。追及についてはそのくらいにしてやってくれ」

流石は幼馴染。

私のＳＯＳを瞬時に察してくれた。

ただ、訂正するところが一点。

一応でもなんでもなく、今も普通に身体がまともに動かせない病人状態なんだよな、私。

一部の人たち、なんか私を化け物みたいな何かだと思ってるよね絶対。

「……それもそうか。それじゃ、〝体調不良娘〟が目覚めたことだ。私は後処理の続きをしてくる」

背もたれのないタイプの椅子に腰掛けていたエスト先生は、そう言って腰を上げる。

さっきから厳しい言葉ばかり向けられてたけど、私が意識を失ってる間、ずっと看病してくれてたのか。

とんでもねえ先生だとか思っちゃってすみません。

「んじゃ、僕らも怪我人二人を寮まで送り届けなきゃいけないし、そろそろお暇《いとま》するとしますかね」

怪我人二人とは、ティリアさんと、この場にはいないリオンさんのことだろう。

その物言いからして、リオンさんも無事だったに違いない。良かった。

「さ、お邪魔虫はさっさと帰るよ。ほら、ティリアも」

まだ私に言いたいことがあったのだろう。

あわあわしながら待って欲しそうにしてたけど、ラークさんの手によって、ティリアさんも強制的にこの場を後にすることとなっていた。

「……お邪魔虫？」

ラークさんが口にしたその言葉の意味が分からなくて、繰り返す。

でも、やっぱり分からない。

「今日は城に泊まっていけ、シルフィー」

頭を悩ませる私の耳に、唯一この場に残っていたベルがそんな言葉が聞こえてきた。

「へ？　城？」

「城には腕のいい治癒師がいる。そいつらに診《み》せる。万が一のことを考えても、少なくとも今日は城に泊まっていけ」

「……あぁ、そういう」

視線を外に続くドアからベルへ移し、どうして、と尋ねようとする私だったけど、続けられた言葉によってその疑問は解消される。

「いやでも流石にそれは過保護過ぎだから。それに忘れたの？　私、治癒師志望なんだよ。自分の身体のことは自分が一番分かってるから。気遣いは嬉しいけど、その心配は無用だから」

この感じだと、ひと眠りすれば全快するかなあ。明日の朝にはいつも通りになって——

「シルフィー」

——ると思う。

頭の中で組み立てていた言葉が、名前を呼ばれたことで中断される。

ただ名前を呼ばれたくらいであれば、大丈夫、大丈夫と押し通してたと思う。

でも、熱のこもったその声には、懇願のような感情が込められていて、そのせいか。普段通りに言葉をうまく返せなかった。

「せっかく再会出来たのに、また離れ離れになるのは嫌なんだよ」

私が城という場所。

というより、貴族が集まる場所を好んでなかったことはベルも知るところだろう。

それも含めて私が乗り気になれないと知った上で、きっとベルはそう言ってる。

「今回の一件に、シルフィーを巻き込んだのは俺だ」

それは否定しない。

でも、結果論として、ベルの行動が正しかったし、誰かのためになることがしたいと口にしていた私の言葉に従うならベルの行為が正しい。

慎ましい学院ライフのためにも、目立つ訳にはいかない。

そんな考えを根底に据え、ベルの身に何かあってはいけないから。という理由を重ねて自分の行動を徹底的に正当化しようとしていた私の方が間違ってた。

だから、そんな申し訳なさそうな顔をしなくてもいいのに。と思ったところで我に返る。

今も昔も、私の根っこの部分はたぶん、何も変わってない。

だってこんなにも、私は変わらず自分本位なんだから。

「だから、その責任を……いや、違うな。この言い方は違う。巻き込んだ俺が言うべき言葉じゃないんだろうが、それでも、俺はせめてこれからの学院生活だけでもシルフィーと一緒に楽しみたいんだよ。過ごしたいんだよ」

だから大事をとってくれと、告げられた。

でも、その言葉によって膨らんだ感情は、大切に思われているという「喜び」ではなく、「罪悪感」だった。

こんな碌《ろく》でなしを想ってくれているベルに対する、申し訳ないという罪悪感。

「……やっぱり、ベルは優しいね」

昔からそうだった。

ベルは優しい。

私のように、贖罪《しょくざい》から誰かに優しくしようと考えてるのではなく、己の心に委ねて起こす行動、その一つ一つが優しい。

同じ優しさでも、私からすれば天と地だ。

これからの学院生活をベルと共に過ごせたら、さぞ楽しいことだろう。

慎ましく生きることは……結構難しいだろうけど、それでも価値のある三年になると断言出来る。ただ、私にそれを摑み取る資格はないというだけで。

「それは違う」

「違う？」

「俺が優しいんじゃない。シルフィーに対してだから、優しく出来てるだけだ。俺にとってシルフィーは、特別だから」

転瞬、どくん、と脈打つ心音が己の中で殊《こと》さら大きく反響した。

その言い方だと、まるで別の意味でも捉えられてしまいそうだった。

「……それは流石に買い被り過ぎだってば」

「腫れ物扱いされていた俺に手を差し伸べてくれたのは、お前だけだった」

「それは、ほら、放っておけなかったというか」

「それだけじゃない。俺の夢を応援してくれた。一緒に叶えようって、手を引いてくれた。何より、王子としての俺ではなく、ただのベルとしてお前だけは見てくれてた」

並べ立てられる言葉の数々。

そこには気の所為《せい》と片付けられないほどの濃い親愛の情が詰め込まれていた。

言い逃れはさせないと言わんばかりに、私は捲《まく》し立てられていた。

「そんな奴が『特別』でないなら、誰が『特別』なんだよ」

責められる。

私であるという前提を省いて考えてみると、それ確かにと言ってしまいそうなくらい正論だった。

だから、向けられた言葉に対して、うまく言い逃れ出来そうな返しが浮かぶはずもなかった。

「なあ、覚えてるか。五年前、シルフィーが俺に向かって、腫れ物だから夢を持っちゃいけないなんて、誰も決めてない。と言ってくれたこと」

……覚えてる。

ちゃんとそのことについては、覚えてる。

「その夢は、きっと叶うって言ってくれたこと」

それも、うん。覚えてる。

「本当に叶ったな。俺の夢」

「……ほんとだ。叶っちゃったね」

言われてもみれば、五年前に私に教えてくれたベルの夢は叶ってしまった。

私が美味しいとこ取りしただけだけど、みんなで空を飛んじゃってたのだから。

「だから、これからは新しい夢を持つことにしようって思ったんだ。これまでの夢に代わる、新しい夢を」

そう口にするベルの言葉に、聞きの姿勢で私は続きを待ってみることにした。

「シルフィーと一緒に、これからの三年を過ごせますように。そんな夢をさ」

「………………」

前世の所業を考えれば、やっぱりベルの側に私が居続ける訳にはいかないよね。

そんなことも頭の隅っこで考えていた私の思考を覗いたのかと思ってしまうほど、的確な言葉だった。

「シルフィーが五年前から抱え込んでることについて、俺は何も知らない。シルフィーが頑として教えてくれなかったからな」

ベルは口を尖らせる。

今も変わらない私のその姿勢が不服であると、隠すこともせずに訴えかけてきた。

「ただ、側にいさえすれば、その抱え込んでることもいつか解決してやれるかもしれないだろ」

だから側にいたいのだと言われる。

「旅は道連れ世は情け。一人だと難しいかもしれないけど、二人だったらなんとかなるかもしれない……だろ？」

「……立場が完全に逆転しちゃってるね」

五年前にベルに向けて言った私の言葉そのままだった。

言う側だったはずの私が、今では言われる側に回っている。その事実を前に、苦笑いを浮かべずにはいられなくて。

「でも、そうだね。そうかもしれない」

私が、誰かを頼る。

そんな選択肢はハナから存在してなかった。

だけど、ベルから向けられたその言葉は私が口にしたもの。だから、ある程度の責任は持たなきゃいけないし、「違う」と否定してしまう訳にもいかない。

とどのつまり、認める他なかった。

いつか、私の過去をベルに打ち明ける機会に恵まれて、その果てに拒絶されることになろうとも——。

「たとえどんなことであれ、俺は力になるよ。俺は、シルフィーの力になる。それと、シルフィーがそうだったように、俺も、シルフィーのことは何があっても拒絶したりなんかしないから」

——それだけは約束する。

そう、言葉が締め括られた。

「……ねえ、ベル」

「うん？」

「もしさ。もし、なんだけど」

「ああ」

「もし私が、前世の記憶を持ってる。なんて言ったら、どう思う？」

誰にも打ち明けたことも、打ち明ける気もなかった過去を仄《ほの》めかすような発言をした理由は、ベルの言葉に自分の心のようなものが揺さぶられたから、だと思う。

そこまで己を信頼してくれている相手に、隠し続けることはあんまりしたくなくて。

だから、「もし」という逃げ道を作った上で、尋ねてみることにした。

それが今の精一杯だった。

「そしてその前世が、とんでもない悪人であったとしたら」

呪いあれ、と願われるような立場にあったとしたらベルはどう思うのだろうか。

「別に、なんも思わないだろうな」

あっけらかんとして言い放たれる。

なんだ、そんなことかと言わんばかりに。

「だって、前世なんて考えだしたらキリがないだろ。……ただ、仮にそうだとして。シルフィーがそのことを気に病んでいたとしても、今のシルフィーを見て責める奴は誰もいないと思うがな」

「………」

卑怯な問い掛けであった自覚はある。

でも、ベルにそう言われて、少しだけ救われたような気になってしまう。

私のこれまでの行動は間違いじゃなかったんだって、安堵してしまう。

「そもそも、前世がどうとか、俺には一切関係ない。俺の目の前にいるのはシルフィー・リーレッドだ。それ以上でも、それ以下でもない」

気にするなと言わないが、同一視することは間違っているのだと。

「……ベルのご先祖様が、苦しめられていたとしても？」

ここぞとばかりに口が回る。

酒なんて飲んでないはずなのに、今日の私はひどく口が軽かった。

「…………。その場合は、別かもしれないな」
二、三秒ほど思案した後、言葉が返って来る。
ああ、やっぱり。

……でも、そうだよね。普通はそうだ。

その反応こそが当然であって、

「もう二度とそんなことはしないようにって理由をつけて、たぶん俺は側におこうとするだろうな。一緒にいたいからっていう俺の子供染みた我儘《わがまま》のためだけに」

責める言葉がやって来ると思って覚悟したものの、私の耳に届いた言葉というものは、責めるとはほど遠いものだった。

「シルフィーなら分かると思うが、正直、俺は先祖なんざどうでもいい。先祖が俺を助けてでもしてくれるのなら話は別だろうが、現実、助けてくれなかった。この地位だって、望んでもなかった。捨てようと考えてたくらいだ。だから、どうでもいいってのが本音だぞ」

――ただ、それでシルフィーと一緒にいられるようになるのなら、ご先祖様とやらに手を合わせるくらいはしてもいいかもな。

そう言って、ベルはあくどい笑みを浮かべた。

「……そっ、か」

「それに、前世がどうであれ、こんなお人好しを誰が責めるって言うんだよ」

俺の暴走に付き合ってくれて。

見ず知らずの相手を助けるために、命を張って。

対価も一切求めずに、こうしてベッドの上に寝かされる羽目になるようなお人好しを、誰が。

「……そんなにお人好しになったつもりはないんだけどな」

徹頭徹尾《てっとうてつび》、己のために行動してる。

だから、それは違うんだけどなと言いたかったけど、有無を言わせぬベルの眼光に私は怯《ひる》んだ。違うと断定したら、なんというか、怒られそうだったから。

「でも、だから一緒にいたいんだよな。未《いま》だに治ってない自嘲《じちょう》癖もそうだが、シルフィーはいつか、手の届かないとこに行ってしまいそうだから」

言葉が濁されてたけど、悲痛なくらいに歪む表情からして、命を落とすとか、その類《たぐい》の言葉だろう。

そんなつもりはさらさらない……と言いたかったけど、この生は贖罪のためにと思ってる手前、この命を投げ捨てることで罪滅ぼしが出来るのなら、悩むまでもなく捨てちゃいそうな自分もいた。

だから、ちゃんとした否定が出来なかった。

「治癒師がしたいなら、城ですればいい。この三年で、俺はシルフィーを説得するつもりだった」

でも、回りくどい言い方をすると、のらりくらりと躱《かわ》されるだろうことはこれまでのやり取りで嫌になるくらい思い知らされた。

だったら、もう隠しごとはなしで言っておく。と、とんでもない発言が飛び出した。

ちょ、まてまてまてまて。

「貴族と関わりたくないなら、それは俺がなんとかする。他に要望があるなら、それも俺がなんとかする」

　堂々と権力濫用する宣言って。

　それでいいのか、王子殿下。

「いやいやいや、流石にそれはやり過ぎだから」

「やり過ぎなものか。文句がある奴は何をしてでも黙らせる。それこそ、過去を持ち出してでも。そのくらい、俺にとっては重要なことなんだよ」

　分かってくれよ、と訴え掛けられる。

　そう思うなら、素直にうんと肯定してくれと何故《なぜ》か私が責められる。

　……いや、そう言われても、貴族とあんまり関わりたくないからあえて治癒師だったのに、そんなことになってしまえば本末転倒なんだよ。

　だから、どうにかベルを説得もとい、言い包《くる》めようと混乱の最中にあった頭をフル回転させる。しかし、続けられるベルの一言に、辛うじてあった余裕までもが削り取られた。

「シルフィーのことが俺は好きだから」

　たぶん、親愛だとかそういう意味だと思う。

接した期間はかなり短かったし。

ただ、舌に乗せられた言葉の熱量というか、重さというか。

それらが心なし強いように思えた。

「特別」とは既に言われてた。

だから、先にそう言われてたからこその勘違いと思うように自己暗示を頭の中で繰り返すけど、無性にこの場から逃げ出したくなった。

でも、真っ直ぐに私を見据えてくる瞳は、視線を逸らすことは許さないとばかりに圧を放っていた。

答えない、という選択肢は許してくれそうにもなくて。

「……私も、好きだよ。大切な幼馴染でもあるし、私もベルのことは好きだよ」

チキンな私は、胸の内で湧き上がった動揺をひた隠しながら友愛という意味で。

という部分を強調するように返事をする。

すると、場に満ちていた緊迫した雰囲気が、ふっと霧散《むさん》した。

——時間は三年あるんだ。今はまだ、それでいいか。

そんなベルの独り言が聞こえてきたのは、気の所為《せい》であると思いたかった。

†

それからというもの。

結局、私はなし崩しに城へとお邪魔することとなってしまった。

ただ、学院での出来ごとは既に伝わっていたのか。

着いて早々に、国王陛下からベルが雷を落とされていた。

自分の立場を理解しろとか、無茶をするなら従者をつけるぞとか、それはもう散々に。

「……私が特別、ねえ」

王族とか関係なしに、ベルが「うるっせえ！　格好《かっこう》つけたかったんだよ！　悪いか！」とか言ったり、陛下は陛下で「悪いわ！　馬鹿タレ！　お前には危機感というものが……!!」などと好き放題言い合っていた。

私はすっかり蚊帳《かや》の外状態だったけど、普通の親子喧嘩を見ているようで新鮮だった。

図書館でひとりぼっちだったあのベルが。と思うとその感慨も一入《ひとしお》だ。

「そりゃあ、特別とも言いたくなるでしょうね」

声が聞こえた。

聞き覚えのある声だ。

「ハカゼさん？」

「どうも。数時間ぶり、ですかね」

背後から姿をあらわしたのは、魔法師長であるハカゼさんだった。

「……えっと、特別とも言いたくなるって、それはどういう」

「随分《ずいぶん》と賑やかでしょう？」

物言いからして、ベルがハカゼさんにまで私が「特別」だなんだと語ったのかと思って尋ねてしまう。

でも、どうにもそれは違うようだった。

「そう、ですね。とんでもなく賑やかだと思います」

賑やかと言葉を取り繕《つくろ》ってはいるけど、ベルと陛下の会話はあまりに無遠慮過ぎる。

それこそ、どこぞの王族や貴族が目にすれば卒倒するのではと思うレベルだ。

「普通は考えられないですよね。コレ」

それは言わずもがなだ。

「でも、ちゃんとこうなったきっかけはあるんですよ」

ハカゼさんの視線が、意味深に私へ向けられる。まるで私の反応を待っているようだった。

……もしかしなくても、私が原因だ。とかハカゼさんは言いたいのだろうか。

「当時は驚いたものですよ。境遇を考えれば仕方がないといえば仕方がなかったのですが、それでも、誰とも関わらないようにと図書館に篭《こも》っていた殿下が、珍しく陛下の下へ姿を見せたと思えば、我儘《わがまま》を口にしたのですから。しかも、その我儘が、とある少女と一緒にいたい、なんてセリフでしたから」

「…………」

あえて私に言うあたり、そのとある少女というのはきっと、恐らく、いや間違いなく私なのだろう。

世話を焼いた覚えはあったけど、そこまで懐かれてるとは本当に当時は思ってなかった。

いや、正直、今もどうしてこんなに想われてるのかは謎ではあるんだけれども。

「それまでこの場所は、陛下がご壮健であられるにもかかわらず、後継者に誰を据えるか。なんて話し声ばかり聞こえて来る場所でした。ご兄弟はおられますが、嫡子は殿下ですから。殿下が後継者でなければ誰を据えるか。陰謀が日々張り巡らされ、貴族同士の腹黒い駆け引きがひたすら繰り広げられてたんですよ、ここ」

「……随分《ずいぶん》とお詳しいんですね」

「私、これでも先代の魔法師長が引退するまで、陛下の側仕えをさせていただいておりまして。なので、その手の話にはそれなりに詳しいのですよ」

陛下の側にいた人間なら、そりゃあ詳しいはずだ。

「だから、個人的にも貴女《あなた》には感謝をしていました。ただ、殿下の前でこの話をする訳にもいかず。なので今、感謝の言葉を述べさせて下さい。ありがとうございました」

「どういたしまして、と素直に言えたら良かったんですけどね」

私が聖人のような志を胸に抱き、その理想のために邁進するような人間であったならば、どれほど良かったことか。

「……というと？」

「私はただ、自分の自己満足のためにベルを利用したにすぎませんから」

私の言葉を聞いて、ハカゼさんはふむ、と唸る。

「なるほど。貴女にとって殿下を助けた行為は、贖罪でしたか。殿下ではない誰かに対しての」

言い方から察してくれたのか。

私の表情に出てしまっていたのか。

はたまた、私がベルを助ける理由が、それであると予《あらかじ》め予想していたのか。

分からないけど、すぐに見透かされた。

「ですが、実際に手を差し伸べた人間が貴女であり、貴女の意思でもって起こした行動であることに嘘偽りはないはずです」

だから。

「たとえ動機が自己満足だったとしても、その行動は称賛されて然《しか》るべきものですよ」

だから、自己嫌悪に陥《おちい》る必要はないと言われる。ベルも、似たようなことを私に言っていた。

ただ、褒められれば褒められるほど。

称えられれば称えられるほど、私の自虐癖が強く働いてしまう。

――私はそんな立派な人間じゃないって。

そして、救いようがないとさらに自虐をして。

それが、繰り返し、繰り越し、ぐるぐるといつも通り悪循環に巡ってゆくはずだった。

「起こした過去は、どう足掻《あが》いても変えられません。それこそ、過去に遡《さかのぼ》る魔法でも生み出さない限り。それでも未来は変えられる。そして貴女は、私の目から見ても、誰もに胸を張れる生き方をしている。だから、そう申し訳なさそうな表情を浮かべる必要はないと思いますがね」

表情が全てを物語っていたのだろう。

ハカゼさんから、そんな指摘を受けた。

「たぶん、ベル本人に直接そう言っても、同じような言葉が返ってくるんでしょうね」

「それは、ええ。そうですね。殿下の場合、それがどうしたとでも言うんじゃないですかね。少なくとも殿下にとって、貴女は唯一、助けてくれた恩人ですから」

ちょっとやそっとのことではその評価が変わることはないだろうと、ハカゼさんも私の意見に同意した。

「にしても、貴女はやはり底抜けに優しい人だ」

私との会話の中で、そう思ったのだろう。

とはいえ、私を称賛する内容にもかかわらず、言葉には呆《あき》れの色が含まれていた。

「貴女にどんな過去があったのか。それは存じませんが、貴女は過去の自分を、どうしても許せないのですね。五年以上前から、ずっと」

この生を、贖罪のためだけに捧げる。

そのくらいしなければ、到底許されない。

それだけのことをし出かした自覚があるのだ。それは当然だろうと思った。

「しかし、だからこそこの言葉を送らせて下さい。過去を清算出来るのは、それを忘れた時でも、許しの言葉を得られた時でもない。シルフィーさん自身が、自分を許せた時だと思います」

だから、いつか自分を許せる時が来たならば。その時は、自分の幸せのために生きてあげて下さい。

容易でないと分かっていたからこそ、か。

「いつか」と曖昧にした上でハカゼさんは私に向かってそう言葉を締め括った。

「……自分を許せた時、か」

不思議と心に残る言葉だった。

だから、忘れないように。自分に問いかけるように繰り返してみる。

いつか、そんな日が来るのだろうか。

自分のことながらさっぱり分からなかったけども、それでも。

そんな日が来たならば、ベルが言っていたように二人で旅に出るのも悪くないのかもしれない。

「……お。いいところにハカゼ。父上を説得してくれ。これ以上、無茶をするなら学院に通わせられないとか言ってくるんだ。こんな横暴は認めちゃいけないだろ」

「僭越《せんえつ》ながら、殿下。それは正論かと」

「あーあ。ダンジョンの中でシルフィーが『空を飛ぶ魔法』を完成させたから今日は三人でそのことについて語り合いたかったんだが、これじゃあ語る時間も――」

「僭越ながら、陛下。今回は不問に付すべきでしょう」

手首の骨が悲鳴を上げてそうなくらい、ハカゼさんの手のひらがクルクルしていた。

このハカゼさんの発言の説得力の無さよ。

ハカゼさんに私が精一杯の呆れの視線を向けていると、ほどなく、ベルと言い合いをしていた顎鬚《あごひげ》を拵《こしら》える歳を感じさせない偉丈夫《いじょうぶ》――国王陛下の視線が私に向いた。

「……お主がシルフィー・リーレッドか」

「お初にお目にかかります。シルフィー・リーレッドと申し」

「よいよい。あんな醜態を見せた後に、形式ばった挨拶をされては此方《こちら》がかなわん」

膝をつき、臣下の礼を取ろうとしたところで待ったがかかる。

一応これでも貴族令嬢。

礼儀作法は、反射的に行える程度には身に染み付いてくれていた。

「お主のことはリーレッド卿から聞いている。随分《ずいぶん》と、愉快な性格をしていると

な」

かなりマイルドに言い換えてくれてる。

きっと、私の父上のことだから、私のことはじゃじゃ馬とかなんとか言っていた

だろうに。

「せめて、身なりくらいはしっかりして欲しいと言っておったが……確かに、そう

言いたくなる気持ちも分からんでもないな」

私のファッションセンスは、相変わらず不評だった。

というか、あの父上は陛下の前でさえも私のファッションセンスをボロカスに言ってたのか。

これは許すまじ。

「素材はいいからな。本人はそれを活《い》かそうとは毛ほども思ってないみたいだが」

会話にベルが交ざってくる。

「昔、俺が一度それを言ってやったことがあったが、本人からやめろって言われたっけか。もったいないよな、本当に」

「きちんとした服装をしていれば、縁談も山ほど舞い込んでくるであろうに。その点についてもリーレッド卿は嘆いておったぞ」

「……父については、いずれちゃんと説得するつもりですので大丈夫……です。はい。たぶん」

変人だから縁談も中々来ないという訳か。

ならなおさら、このファッションセンスをどうにかする訳にはいかなくなったじゃないか。

私、貴族と基本的に親密になりたくないからね。遠くに行きたいからね。

「縁談……いや、なしだ。さっきのはなしだ。シルフィーは今のままが一番だ。俺が保証する」

　なんか急にベルが私を擁護し始めた。

　よく分かんないけど、支持者が増えるのは良いことだ。うん。良いこと良いこと。

「まぁ、進路に困ったならば城勤めして貰うのも手かもしれんな。特に、ハカゼがお主のことをひどく気に入ったらしい」

　きっとそれは、魔法師になれ。

　ということなのだろう。

　御免被る、とか言いたいけど、流石に国王陛下の前でそれを言うのは拙《まず》いので苦笑いを浮かべてお茶を濁しておく。

「まあ、今日のところは疲れているであろうし、世間話はまた次の機会にしようか」

　私、また城にお邪魔しなくちゃいけないんですかね？　と思ったけど、すんでのところで飲み込んだ。

　というか私、さっきから失礼なことしか考えてなくない……？

「パーティー等に出席してくれていれば、もう少し早くに礼を言えたのだが」

「そ、それについては大変申し訳なく」

言い訳に言い訳を重ねて、パーティーには不参加を私は出来る限り貫いていた。

もちろん、持病の何かがある訳でもなく、仮病という嘘に塗り固められた理由で欠席をしていた。

こと、このことに関して私は言い訳のしようがない。平謝りするくらいしか出来なかった。

「まぁよい。五年も前の話にはなるが、お主には感謝している。礼を言わせてくれ。ありがとう」

「……私は殆《ほとん》ど何もしていません。これは、ベル自身が行動を起こした結果です。私はただ、少しだけ手を差し伸べた。それだけですから」

「聞いてはいたが、随分《ずいぶん》と謙遜するのだな」

私の場合は、取り繕っているのではなく、本心からそう言っている。

だから、あえて指摘が飛んできたのだろう。

ただ、言葉を返しにくい問いだった。

「………………」

「責めている訳ではない。だが、もう少し自己評価を高くしても良いのではと思っただけよ」

口を真一文字に引き結ぶ私に、優しく諭すように陛下は言った。

「なあ、シルフィー・リーレッド」

「……なんでしょうか」

「ひとつ、お主に頼みたいことがある」

「頼みごと、ですか」

国王陛下ほどのお方が、私に頼みごと。

いったいなんなのだろうか。というか、私に出来て、国王陛下に出来ないことがあるのだろうか。

頼みごとをされる理由がいまいちピンとこなくて、頭の中を疑問符が埋め尽くした。

「ああ。さっきの醜態を見ていたお主は既に分かるだろうが、この愚息は危なっかしくて見てられん」

「それは、まあ……」

直後、「おい」と圧の込められたベルの声が聞こえた気がしたけど、気にしないことにする。

「そこで、だ。お主も魔法学院へ通っておるとのこと。どうか、この愚息を気に掛けてやってはくれないか。聞けば、魔法の才はそこのハカゼが認めるほどのものだとか」

いつの間にそんなとんでもないことを国王陛下に吹き込んだのだと、ハカゼさんに視線を向けるが、ぷい、と顔を背けられた。

段々、ハカゼさんの性格が分かってきた気がする。この人はたぶん、風来坊な性格だ。

「……流石にそれは言い過ぎですが、気に掛けるくらいなら、まあ」

一緒に行動しろとかなら、入学初日のあの責めるような視線の数々も踏まえて、無理ですと当たり障りのない言葉でのらりくらりも止むなしだったが、気に掛けるくらいなら許容範囲だろう。

「助かる。ただ、引き受けてくれたからには礼をせねば此方《こちら》の沽券《こけん》にかかわる。ついては、この城の空いている部屋をお主に貸――」

「だ、大丈夫です！　そのくらいでお礼を頂く訳にはいきませんから！　それに私、家から通うことが夢だったんです!!　夢だったんで!!」

このまま いくと城に居候《いそうろう》する展開になりそうな気配しかなかったので、慌てて固辞する。

あ、危なかった……!!

「であるか。しかし、その気になったらいつでも声を掛けてくれ。すぐに手配しよう」

なんでそんなにノリノリなんだ。

「それでは、陛下。話は以上ということで……?」

「まあ、そうなるな」

ソワソワした様子のハカゼさんが、伺い立てていた。

「それでは、殿下。ダンジョンでシルフィーさんが使ってみせたという『空を飛ぶ魔法』についてこれからじっくりと話し合いを――」

「何言ってるんだ、ハカゼ。シルフィーは病み上がりなんだ。ダメに決まってるだろ」

せめて明日以降、体調が整ってからにしろ。

そう言って、あっさりとベルは前言撤回をしていた。なんと言うか、強《したた》かになったなあ。

「…………。だ、騙しましたねッ、殿下ぁぁぁぁぁあ!!!」

悲痛なハカゼさんの叫び声がそれから随分《ずいぶん》と響いていたが、それからというもの。

私は美味しい晩御飯をご馳走になったりと、充実したお城生活を一晩満喫することとなった。

†

「にしても、ハカゼさんの形相凄《すご》かったなあ。なんというか、ゾンビみたいだった」

城から登校することになった私は、城を後にする際、見送りに来てくれたハカゼさんから、今日も絶対に城に来て下さいね。約束ですからね。来なかったら私がシルフィーさんの下に行きますからね。転移魔法だろうと、用意して向かいますからね。マジで。本気で。

なんて、堂々とストーカー宣言をされていた。

どうにも、「空を飛ぶ魔法」の詳細が気になり過ぎて本当に夜も眠れなかったらしい。

中々に大物の隈《くま》も目の下に拵《こしら》えていた。

例えるなら、【死霊《アンデッド》】のゾンビみたいな。

「とはいえ、今日からはちゃんと授業を受けなくちゃ」

担任であるエスト先生からは、〝体調不良娘〟とかいう不名誉過ぎるあだ名も付けられてしまっているため、汚名返上がてら、朝早くの登校だ。

教室には殆《ほとん》ど人はいないけど、これ以上目立つ訳にもいかないので真面目っぽさを出して昨日の一件を中和させておかなければ。

そんなことを考えていた折
「――少しいいかしら。えっ、と、し、シルフィー・リーレッドさん？」

側にやって来た女子生徒から名を呼ばれる。

誰だろうかと、窓へ向けていた視線を声のした方へ向けるとそこにはカールがかったセミロングの黒髪の少女がいた。

若干つり目で、勝気な印象を覚える。

確か……初日に、ベルに話しかけられてた私に向けて「あんな地味な奴が」とかなんとかかんとか言ってた子じゃなかっただろうか。

側には取り巻きのような子が二人ほど。

もしかして私、これからとんでもないことでもされるんじゃないだろうか。

なら、穏便にお断りを――。

「……き、昨日はひどいことを言って申し訳ありませんでしたわ。あの、その、それと、兄様を助けて下さり、ありがとうございまし、たわ」

たどたどしい言葉だった。

これで良いのだろうかと不安なのか、心なしか涙目だった。

……あれ。ていうか、なんだ。予想してた展開と違い過ぎるんだけど。

「兄、様？」

「……あぁ、自己紹介がまだでしたわね。わたくしの名前は、ニーナ・ロード。マルス・ロードはわたくしの兄ですわ」

「あああ！　マルスさん‼」

言われてもみれば、髪の色は同じだし、顔の作りもどことなく似ている気がする。

「えと、マルスさんの体調とか大丈夫でした？　私、昨日はぶっ倒れちゃって他の人のことを気に掛ける余裕とかもなくて」

【死体使役《リビングデッド》】の能力を封じられていたとはいえ、相手はエルダーリッチ。

それをアリアさんと二人で相手にしていたのだから、少なからず怪我を負っていたことだろう。

治癒師としてついて来たはずなのに、その役目を果たさずにいたからそのことについては気掛かりだった。

「……兄様はピンピンしてましたわ。むしろ、貴女《あなた》のことを気遣ってやってくれと言われまして。その、初日にあんな酷いことを言ってしまった手前、大変申し訳ないと言いますか、あの、その」

たぶん、ボロカス言ったことについてマルスさんには話してないのだろう。

そしてその上で、同じクラスならと頼まれて、どうしよう、やばいやばいと右往左往してた、といったところだろうか。

だったら、素直に言ってしまおう。

「初日って、何か私、ニーナさんに言われてたっけ？」

正直、あのくらいの発言であればちっとも気にしてない。というより、事実だし。

「いや、その、わたくし、貴女が殿下に相応しくないとか、見た目について酷いことを」

「仮にそうだったとしても、私が殿下とつり合ってないことは事実だし、この見た目だって会う人みんなにボロカス言われてるから何も思わないかな」

私が嘯《うそぶ》いたのだから、合わせて知らんぷりすれば良いのに、それをしないあたりニーナさんは嘘がつけない人間なのかもしれない。

「だから、そんなに怯《おび》えなくても私がマルスさんに何か言うつもりとかないから」

そんな訳で、安心してくれていいから。

と告げておく。

きっとこれでばっちりだ。

私に対する用事はこれで終わりだろう。

絵面《えづら》がカツアゲされてるか弱い私。

みたいなことになってるから、人が集まってしまう前に話を終わりたいんだけど
……。

「……シルフィーさん」

「は、はい」

筆舌に尽くし難い圧の込められた表情で名前を呼ばれたせいで、ちょっとだけ吃《ども》
ってしまう。

「わたくしを殴って下さいまし」

何を言ってるのだろうか、このお嬢様は。

私の耳が壊れてしまったのかと、一瞬疑ってしまう。

「遠慮は必要ありませんわ。わたくしを思い切り殴って下さいまし」

繰り返される。

違った。私の耳、全然壊れてなかった。

壊れたのはニーナさんの頭だ、これ。

側にいた取り巻きっぽい子達も、便乗するように「わたくしもお願いします わ！」とか言っちゃってる。なんなんだこれ。

「い、いやいやいや！　人を殴る趣味とか私にはないから！　たぶん、申し訳なさからくる感情っぽい何かだとは思うけど、本当に私ちっとも気にしてないから！」

「ですが、そうでもしなければわたくしの気が収まりませんの‼」

口にはしないけど、素直に面倒臭えと思ってしまった。なんで私が人を殴らなくちゃいけないんだ。色々とおかし過ぎるでしょ。

「……で、では、わたくしはこれをどう償えばよろしいのでしょうか」

何もしなくていいから。

で、通用しそうな雰囲気じゃなかった。

教室には少しずつ登校してきた人がやって来ては、騒がしくしてる私達を見てひそひそ話をしていた。

これは、まずい。

これは実によろしくない。

色々と計画は狂いまくったけど、慎ましい学院生活を送る予定はまだ健在なのだ。

このままでは辛うじて残っているその可能性が木っ端《こっぱ》微塵《みじん》に寸断されてしまう。

「シルフィー・リーレッドさんの教室って、ここで合ってる？」

全てを投げ捨てて逃亡。

なんて選択肢が浮かび始めてた中、救世主の声が出入り口のドアから聞こえて来た。

声の主は魔法学院に在籍する三年生。

アリア・ツヴァイスさんだった。

「って、どうしたのシルフィーさん。なんか、感極まった目で私を見詰めてるけど……」

「あ、あー！　用事を思い出したから、私はこれで‼　それでは‼」

がたん、と音を立てて勢いよく立ち上がった私は、アリアさんの下へ早歩きで向かう。

どうして訪ねて来たのかとか色々と聞きたいことはあったけど、そんなものは後回しだ。

今はあの状況をどう切り抜けるか。

それさえ出来ればなんでも良かった。

「さ、行きましょうアリアさん！　どこに行くかは分かりませんけど！」

「……あの子達、放っておいていいの？」

「あ、あれはほとぼりが冷めるまで放置がベストアンサーです。たぶん」

ぶん殴らないと納得しないとか、とてもじゃないが相手にしてられない。

まず頭を冷やして貰わないことには、話にならない。

途中、なんか「その懐の深さに感服致しましたの！　これからはお姉様とお呼びしても――」などと、とんでもない発言まで聞こえて来た。

やっぱり私の耳は壊れてるのかもしれない。

「それで、訪ねさせて貰った理由なんだけど、ほら、私、シルフィーさんが倒れたのに見舞いに顔を出せてなかったでしょ」

リオンさんのことや、アリアさん達自身の疲労のことを考えても、私が倒れたからといって様子を見にくることが難しいなどすぐに分かる。

だから、そんなことを気にしなくても良かったのにと思った。

もちろん、こうして来てくれたから窮地を脱せたので今はその義理堅さに感謝しかないが。

「それと、リオンがお礼を言いたいらしくて。ただ、一年生の教室に三年生が何人も押し掛けると迷惑掛けちゃうかなってことで、こうして私が訪ねさせて貰ったの」

確かに、まだ入学して二日目なのに三年生が押し掛けてくると騒ぎになってしまう。

その懸念はもっともだろう。

そうして、私がアリアさんに案内された先は、三年生の教室——ではなく、やけに生活感のある空き部屋らしき一室だった。

「ここは教員休憩室。主にエスト先生が使ってる場所なんだけど……まあ、私達の溜まり場みたいなものね」

道理で生活感がある訳だと納得する。

冷蔵庫とか、ソファとか、生活必需品がずらりと揃っていた。たぶん、ここで生活しても何不自由なく暮らせるのではないだろうか。

部屋を見回すと、そこには寛《くつろ》ぐラークさんやマルスさん。ティリアさんに、リオンさんが勢揃いしていた。

居心地良さそうだもんね、ここ。屯《たむろ》するのも分かる気しかしない。

「あれ？　殿下は一緒じゃないんだ？」

私の訪問に気が付いてか。

長い赤髪を三つ編みにした三年生、ラークさんが意外そうに私に話しかけてくる。

「……流石に、一緒に登校はまずいでしょう」

たぶん、私が昨日城で厄介になったことを知っていたからこその一言だったんだろうが、二日目にして一緒に登校とか厄ネタだ。

そんな真似出来るものか。

「それに、なんか私とベルがセット扱いですけど、婚約者でもなければ従者でもありませんからね、私達」

「……にしては、やけに息がぴったりなように見えた気がしたんだがな」

特別な関係であると思っていたのか。

マルスさんからそんな言葉を向けられた。

「そりゃあ、幼馴染ですから」

まあ、魔法を一緒に学んでたからね。

多少の息は合うでしょうさ。

「ま、そういうことにしておこうか」

ラークさんが仕方なしにそんなことを言うけど、そういうことも何も、それが嘘偽りない関係なんだけど……。

「居ないのであれば、殿下には城で改めて礼を言うとして。色々とご迷惑をお掛けしてしまい、申し訳ありませんでした。それと、ありがとうございました、シルフィー・リーレッドさん」

色々と勘違いしてませんかと、言ってやろうか悩む私の耳に、聞き覚えのない穏やかな声音が届いた。

それは、貴族然とした品を感じさせる佇《たたず》まいの紫髪の男性、リオンさんのものだった。

「ですが、言葉一つというのもあれですし……そうですね。今度みんなで買い物にでもいきましょうか。何か贈り物でもさせていただければ」

視線を私の牛乳瓶底眼鏡などに向けながら、リオンさんはそんなことを口にする。

それは遠回しに、私のファッションセンスをディスっているのだろうか。

いや、間違いなくこれはディスっている。

私には、全然似合ってないから服買いに行きましょう。ぜひ、ぜひぜひ！

なんて幻聴が聞こえた。

貴方《あなた》もですかとツッコミたかったけど、ニーナさんの一件もあり、なんかもう疲れてその元気もなかった。

「とはいえ、助けられた人間がこう言うのもなんですが……良かったのですか？」

「……と言いますと？」

「エスト先生から、シルフィーさんは目立ちたくない人間だろうから、押し掛けるのはやめてやれよと強く念を押されたので」

その言葉を聞いて、私の中のエスト先生の株が上がった。

不名誉過ぎるあだ名をつける先生としか思ってなかったけど、いい教員さんだった。

「人の命以上に優先するものなんてないでしょう」

手を差し伸べれば、どうやっても目立つことになってしまう。だからこその問いだったのだろう。

ただ、私はあっけらかんと答えてやる。

入学初日の私であれば、返事に少しは悩んだかもしれないけど今の私の中ではちゃんと答えが出ていた。

「皆さんが無事で良かったです」

笑顔を浮かべて、そう答える。

その、直後だった。

「お～ま～え～ら～!!　あたしの城で屯ろするなってあれほど言ったよなぁぁあ!?」

地を這《は》うような声音が聞こえてくる。

それは、部屋の外からぴくぴくと表情筋を痙攣《けいれん》させながら顔を覗かせるエスト先生のものだった。

というか、ここ、エスト先生の城なんだ。

「まあまあ。今回は不可抗力ですよ。だって、シルフィーさんに気を遣ってやれと言ったのはエスト先生ではありませんか」

不用意に目立たないようにするには、このエスト城が何よりも相応《ふさわ》しかったんですよ。

と、リオンさんが告げる。

「……あー。そういえばそんなことも言ったっけか。言わなきゃ良かった」

右肩下がりで私の中のエスト先生の株が急落した。最早《もはや》地べたスレスレである。

せっかく、見直したところだったのに。

「とはいえ、用は済んだんだろう。なら、とっとと帰れ帰れ。それと、〝体調不良娘〟はさっさと教室に帰った方がいいと思うぞ」

「……あれ。まだ、始業時間までは時間があると思うんですけど」

真面目ちゃんを装うために早起きして登校してきたから、その時間にはまだまだ余裕があるはずだった。

「いや、そういうことじゃなくてだな。あたしはさっきチラッと覗いただけだから事情を詳しくは知らないんだが……まぁ、〝体調不良娘〟が悲鳴をあげたくなるような展開になってたな」

「めちゃくちゃ不穏な言葉しか言わないですね⁉」

「とりあえず、まあ、もう手遅れな気がしなくもないが、教室にさっさと戻った方がいいと思うぞ」

手遅れとか、悲鳴とか、エスト先生が好き放題言ってるけど、いったいどういう状況になっているのだろうか。

流石に無視する訳にはいかなかったので、私は慌ててエスト先生の城を後にして再び、教室へと向かう。

私の教室は何故《なぜ》か騒がしかった。

様子を見ようと聞き耳を立てようとしたら、クラスメイトだろう一度も話したこともない子に何故《なぜ》か私は中へと連行された。

そこには既に登校していたベルもいた。

「聞きましたわよ！　ダンジョンに囚われた三年生の窮地をお二人が救ったんですってね！」

なんでそのことを知ってるんだ。

と思ったけど、ダンジョンから帰って来た時の私は意識を失ってたし、どうなってたかなんて把握してなかったんだった。

とすると、学院に残っていたであろう三年生の関係者がいれば、そのことについて知っていてもなんらおかしくはない。

……完っ全にやらかした。

「……わ、私はただ、治癒師として同行しただけなので、殆《ほとん》ど何もしてないと言いますか。なんと言いますか」

どうすれば私の注目度を減らせるだろうか。

その一心でどうにか自分の貢献度をしょぼくしてやろうと試みる。だけど、

「まだ入学したての一年生にもかかわらず、果敢に助けようとするその姿勢!!　素晴らしいですわ!!」

なんかニーナさんが火に油を注いでた。

何してくれちゃってるの！

私に感謝してるならそこは私に合わせてよ！

「……ぁ、えと……」

困り果てた私は、何を言えばいいのかすら分からなくなってしまう。

ひっそりと慎ましく生きたい。

この願望は限りなく不可能になってしまったのではないだろうか。

……ただ、不思議と好意を向けられるこの状況は、本来の予定を考えれば勘弁してくれとは思うけど、何故《なぜ》だか心底嫌であるとは思えなかった。

不思議と、悪くはなかった。

とはいえ、昨日のダンジョンでの一件について弁明をするより先に、次の話題に移り変わってゆく。

「ところで、お二人の関係って結局いったい、どういうものなんですか？」

次の話題は、私とベルの関係について。

「いや、ただの幼馴染なんですけど」

ベルが堂々と昨日言っちゃってたし、みんなも既に知ってると思うんだけど。

「ええ、もちろん。そのことについてはもう知っています。私達が気になってるのは、本当にそれだけなのかってことなんです!!」

「本当にそれだけかって言われても……」

ベルは王子殿下って立場だし、その恋愛事情が気になってしまうのはよく分かる。

だけど、何を言われてもないものはないいんだから仕方がないじゃん——と思ったところでふと、昨日の会話が思い起こされる。

それは、私が最終的に逃げに走ったやり取り。

『シルフィーのことが俺は好きだから』

……いや。いやいやいやいや。あり得ない。それはあり得ないって自分で断じたから。

ちゃんと友愛ってことで落ち着かせたから。

「シルフィーと俺は、本当に幼馴染ってだけだ」

言葉を探しあぐね、言い訳すらままならない状況にあった私を見かねてか。

側にいたベルが助け船を出してくれる。

でも、言葉はそれだけでは終わらなくて。

「ただ、まだ幼馴染って関係でしかないが、シルフィーのことは世界で一番大切な奴だと思ってる」

恥ずかしげもなく、特大の爆弾が投下された。羞恥《しゅうち》プレイの趣味でもあるのだろうか。

というか、教室の外で様子を観察してるエスト先生は事態を収拾するために来たんじゃないのか。だったら早く割って入って、「静かにしろー」とでも言って私を助けてくれないだろうか。

しかし、私の願望通りの展開になるわけもなく。

「………………も、もう知らない」

私は全てを投げ捨てて、机に突っ伏した。

二度目の人生は、慎ましく生きてやるんだ。

その考えは未だに変わってないけれど、それでも、こういう日常も悪くはないのかもしれない。

そんなことを思いながら、私はバクバクと五月蠅《うるさ》い己の心音を落ち着かせるので必死だった。

あとがき

この度は本作『元悪役令嬢は二度目の人生を慎ましく生きたい！』をお手に取っていただき、誠にありがとうございます。

はじめまして、作者のアルトと申します。

今作は、「小説家になろう」様で投稿していました短編を、長編用に変えて執筆させていただいた作品になります。

短編とは、主人公であるシルフィーとヒーローであるベルの関係が若干異なっているため、二人のすれ違い方が露骨になっていたりとします。笑

特に、前世にて悪役令嬢として振る舞っていたから、今生は改心して真人間に……！

と思っていた主人公が、途中で助けた王子に執着されちゃって色々と振り回されながら新たな生を謳歌する、というお話の今作の見どころは、すれ違いや主人公の鈍感さにあるので、一層、楽しめる一冊になっております。

一見、王子のはた迷惑な行為に振り回されているだけにも思えますが、愚直過ぎる王子の想いのお陰で主人公が救われたり。

どこか抜けている主人公の周りで繰り広げられるコメディーちっくな展開等も描写させていただいてますので、そこも含めて楽しんでいただけますと幸いです。

また、今作のイラストをご担当して下さったKU先生の繊細で透明感のあるイラストがとても素晴らしく、前々から惚れ込んでおりましたので、今回こういった機会でお仕事をご一緒させていただけて大変嬉しく思います……!!

最後になりますが、今作刊行にあたってお力添え下さった皆様方にこの場をお借りして感謝を。

ありがとうございました。

2022年3月吉日

アルト

Jノベルライト文庫

元《もと》悪《あく》役《やく》令《れい》嬢《じょう》は二《に》度《ど》目《め》の人《じん》生《せい》を慎《つつ》ましく生《い》きたい！

2022年4月15日　初版第1刷発行

著　　者　アルト
イラスト　ＫＵ《ケー　ユー》
発 行 者　岩野裕一
発 行 所　株式会社実業之日本社
〒107-0062　東京都港区南青山 5-4-30
emergence aoyama complex 2F
電話（編集）03-6809-0473
（販売）03-6809-0495
実業之日本社ホームページ　https://www.j-n.co.jp/
印刷・製本　大日本印刷株式会社
装　　丁　AFTERGLOW
ＤＴＰ　ラッシュ

ISBN978-4-408-55718-2（第二漫画）